JN027563
トゥモロー・ネヴァー・ノウズ
宮野優
TOMORROW NEVER KNOWS
角川書店

トゥモロー・ネヴァー・ノウズ

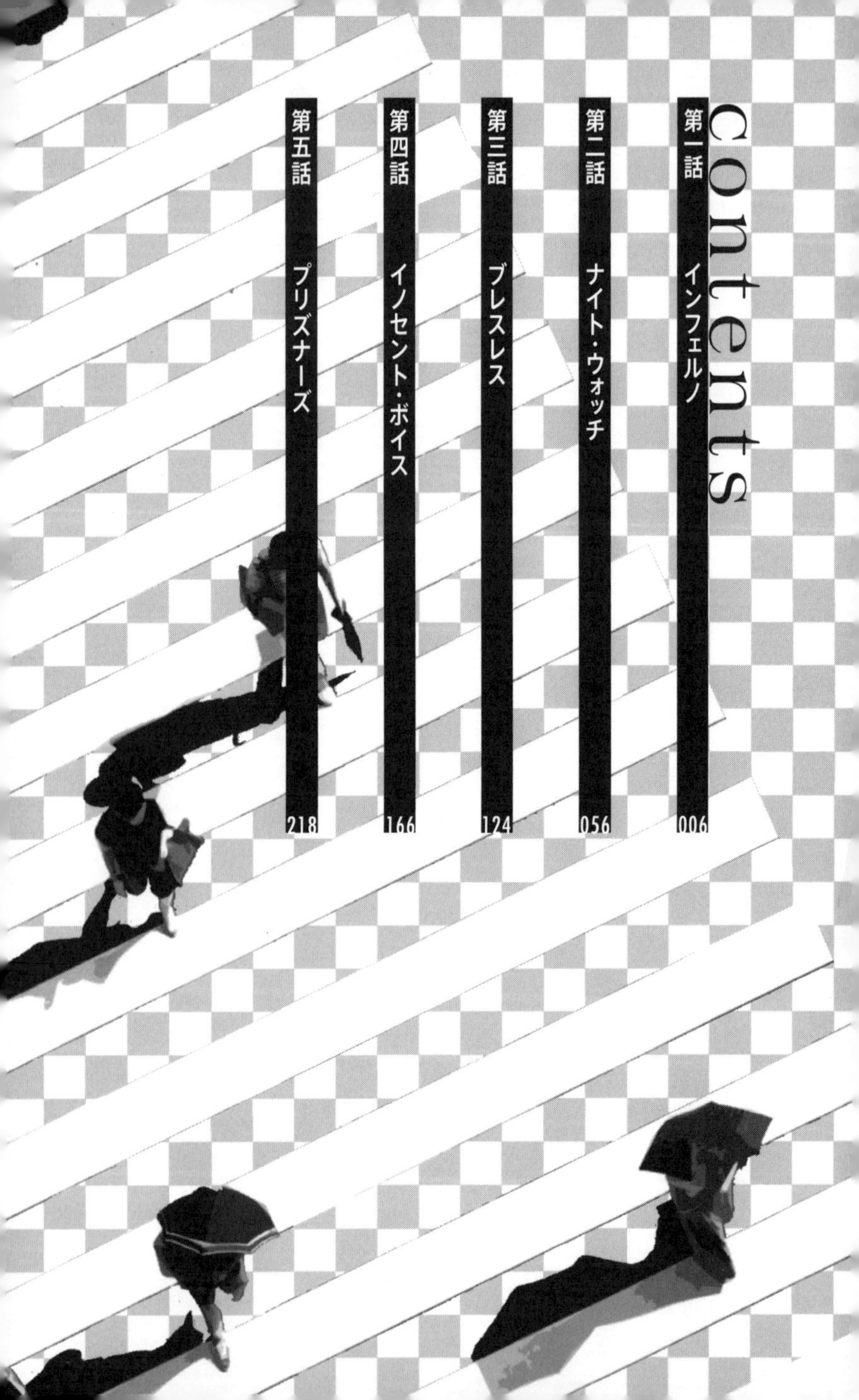

contents

装画　紺野真弓
装幀・本文デザイン　世古口敦志+清水朝美（coil）

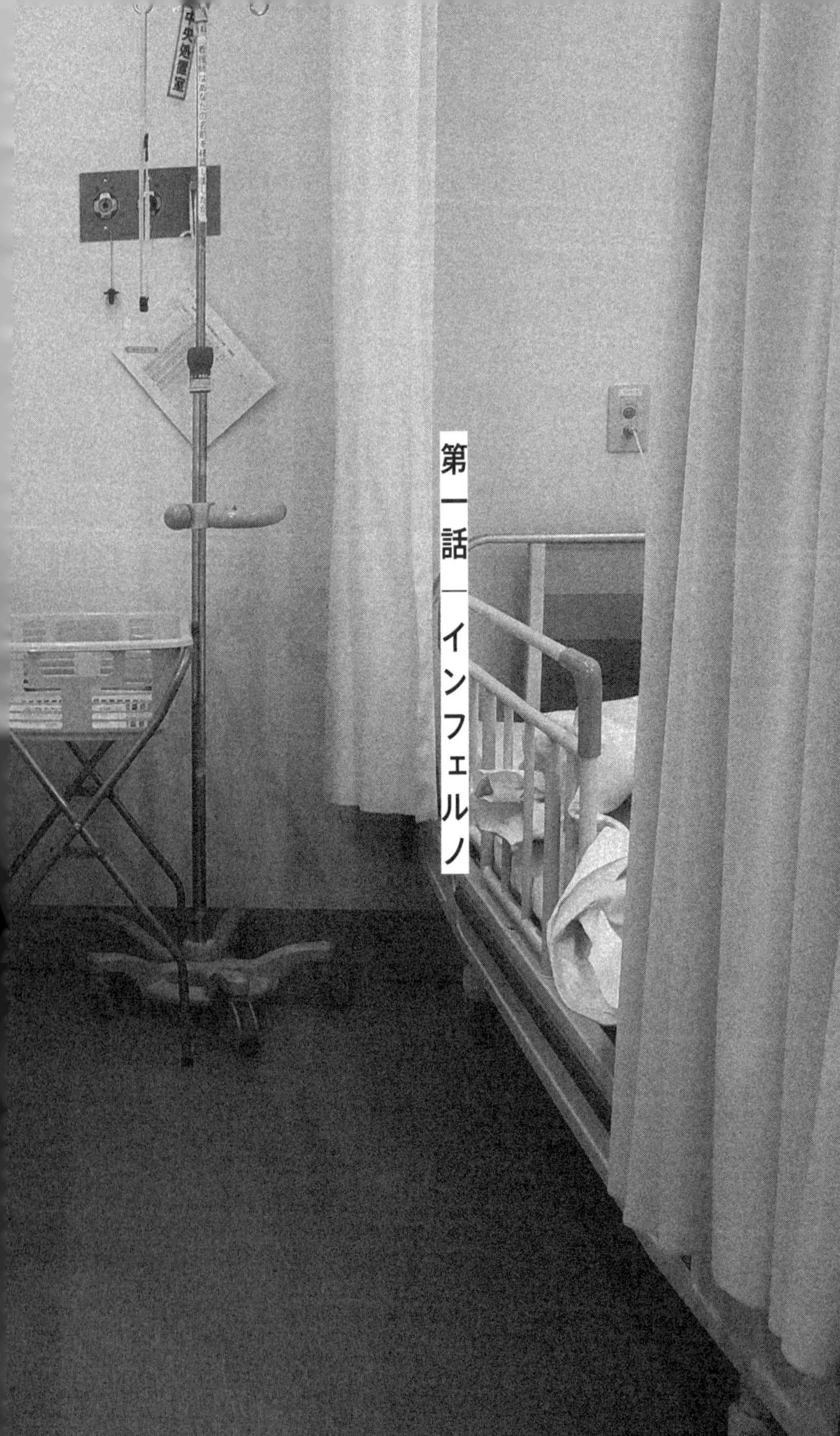

第一話―インフェルノ

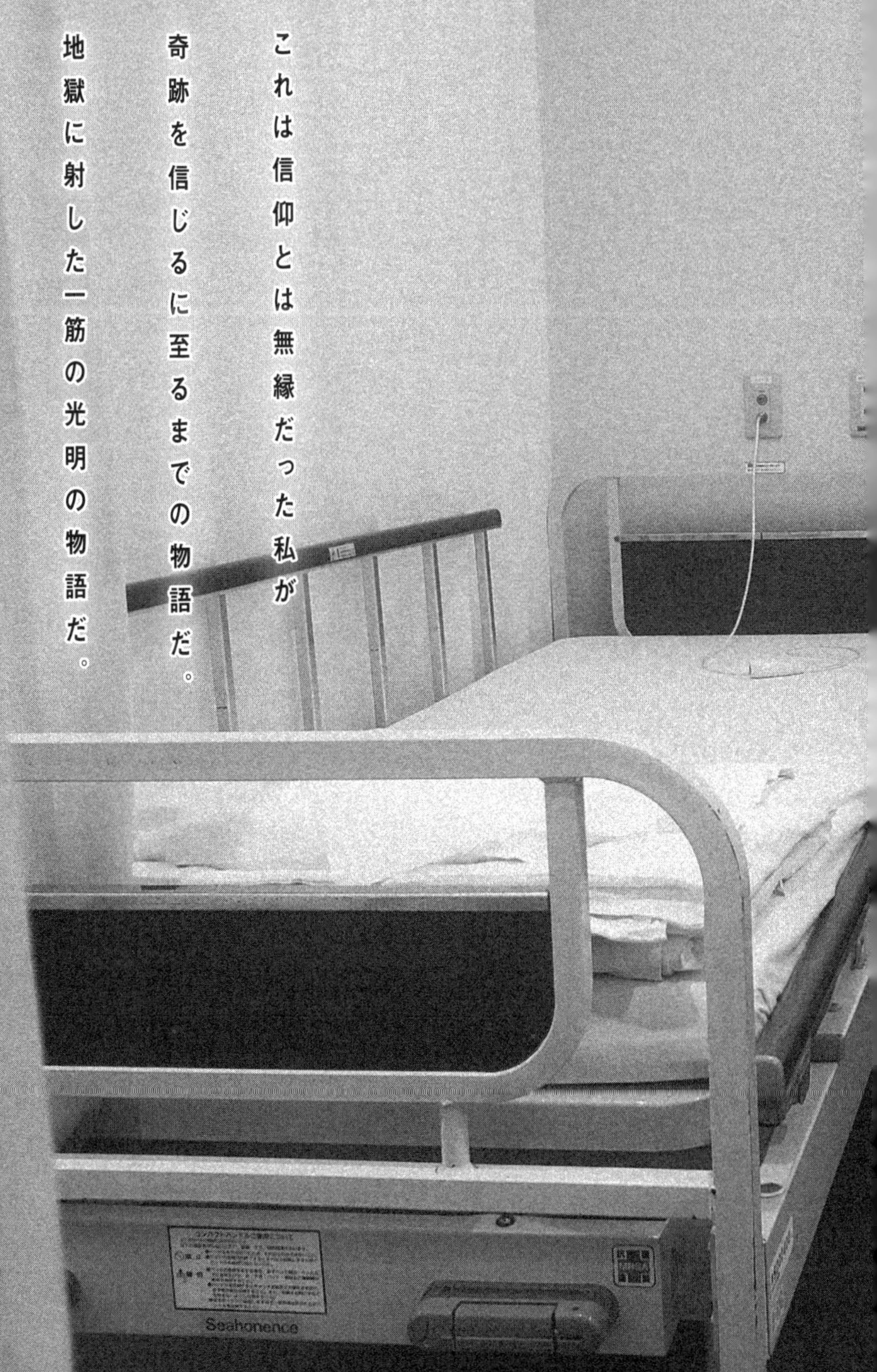
これは信仰とは無縁だった私が
奇跡を信じるに至るまでの物語だ。
地獄に射した一筋の光明の物語だ。

　これは信仰とは無縁だった私が奇跡を信じるに至るまでの物語だ。地獄に射した一筋の光明の物語だ。生まれ変わったこの世界では、誰もが奇跡と地獄を知っている。

――おはようございます。その後お変わりないでしょうか。
――私は相変わらず覚えなきゃいけないことばかりですが、何とかやってます。課長が抜けた穴はなかなか埋まりそうもありませんが、何とか頑張ってます。
――突然ですけど、送別会で課長が教えてくれたお店、ぜひ行ってみたいので、よかったら今度一緒に飲みに行きませんか？

　朝起きると、退職した会社の部下からＳＮＳにメッセージが来ていた。受信日時は昨夜二十二時頃。確かにその時間にはもう床に就いていた。この部屋で過ごす最後の夜になると思ったし、次に好きなだけ眠れる夜がいつ訪れるともわからなかったから、たっぷり睡眠を取ろうとしてのことだった。

だがいよいよ決行の日だと思うと、結局興奮して熟睡できなかった。そんなときに届いた、自分のことを慕ってくれていた相手からの――社会人が元上司に送るメッセージとして適当な文面かはともかく――素朴なメッセージは、少しだけ私の緊張をほぐしてくれた気がする。

けれどその彼女も、これから私がすることできっとショックを受けてしまう一人なのだと思うと、一片の罪悪感が胸を掠めた。

新卒の社員だった彼女は私によく懐いていた。他の上司や先輩が特定の教育係として付くことのなかった彼女に、私が直接指導することが多かったせいもあると思う。元々若い女性社員の少ない所に入ってきた子だったし、可愛らしいがやや世間知らずそうな感じの彼女に部下の男たちの誰かを教育係として付けて、何か間違いが起きるのを憂慮したからだ。我ながら過剰な心配だったが、彼女を見ていると私はつい同年代の娘のことを思い出してしまい、庇護欲を掻き立てられた。あの子が生きていれば、ちょうどあんなふうに初々しい新入社員として働いていた今があったのかもしれないと。だがあの子は会社員にはならないし、看護師にも教師にもパティシエにもならない。ウェディングドレスを着た新婦になることも、母親になって我が子を抱きしめることもない。

――元気にやってるならよかった。

——残念だけど、一緒に食事は行けそうにありません。

何の気なしにメッセージをそこまで打ち込んで、送らずにすぐ消した。殺人犯の犯行当日のメッセージなんて、気味が悪いだけだろうから。

中年と呼べる歳まで生きていれば、何人かは殺してやりたいと思う相手と出会うのが当たり前だろう。だが、絶対に殺すと決意したのはあのときが初めてだった。そして実際に殺しに行くのも、今日が最初で最後になるだろう。

順調に事が運べば昼過ぎには全てが終わり、私は逮捕されて取り調べを受ける。十七年間暮らしたこの部屋ともお別れだ。もっとも思い出の品は既にすっかり整理していて、ほとんど食べて寝て、殺意を研ぎ澄ませるだけの空間になっていたから、特別寂しさを感じることもない。

警察はまず何を訊(き)いてくるだろう。動機はわかりきっているから、いつから犯行を計画していたのかと質問してくるだろうか。正直に答えてしまえばいい。裁判で有利になるよう立ち回る小細工は必要ない。どんな判決が出るにせよ、私の人生はもうとっくに終わっているのだから。

私がいつ殺害を決意したのか、おそらく言い当てられる者はいない。判決が出て、鬼畜としか言いようのない所業に及んだ犯人が、未成年だからというだけの理由で数年もすれば社会に解き放たれることがはっきりしたときか？　違う。公判で初めて見た犯人の顔に罪悪感のかけらも見いだせなかったときか？　それも違う。では遺体安置所で変わり果てた娘の遺体と対面したときか？　いや、私が殺害を決意したのはもっと前。警察から連絡があり大雨の中、急いで車を走らせる途中、人生で一番の恐怖に襲われている間に一つの可能性が頭を過ぎったときだった。

身元を確認してほしいと言われた遺体が、もしも本当にあの子だったら。あんないい子が若くして命を落とすような、そんな理不尽がこの世にあっていいわけはないし、だから遺体はきっと別人のもので、あの子はたまたま雨宿りでもしていて帰りが遅くなっただけで、今頃私と入れ違いに家に帰っているかもしれない。必死でそんなふうに考えようと努めながらも、心の奥底では別の可能性を確かに思い浮かべていた。

遺体は川から引き上げられたと警察は言っていた。あの子は強い雨が降る日に増水した川に近づいて誤って転落するような愚かな娘ではない。それでももし遺体が娘のものであるというなら、それはきっと何かの事件に巻き込まれたということを意味するのではないか。そう、例えば何者かに殺害されて、川に遺棄されたといったような――

必死で頭から振り払おうとしても最悪の想像は頭の奥に居座り続けた。そしてそのとき私は既に決意していたのだ。もしそんなことが起きたというなら、誰かがあの子を殺したというなら、必ず私の手でそいつを殺すと。

　このとき抱いた殺意を、一時たりとも鈍らせることなく生きてきた。その意志を支える最も強い土台になったのが、遺体安置所で対面した、光を失った目を半開きにし、何かを呟（つぶや）こうとしている口元から歯を覗（のぞ）かせた娘の死に顔だった。右の頬が腫（は）れ、左のまぶたの上に痛ましく開いた切り傷があるが、もうそこから血は流れていない。

　心臓が凍りついたようだった。いっそ本当に凍って死んでしまえたら楽だったろう。あんな悲しみには、絶望には、一分だって耐えられない。人の親なら誰しもそうだろう。最悪の想定が頭にあっても衝撃が和らぐわけではない。それに私は心のどこかで、この世界が、あの子と私にそんな残酷な仕打ちをするわけがないと信じていたのだ。

　しかし待ち受けていた現実は、私の想像など遥（はる）かに超えていた。

　刑事の説明を、私の心はシャットアウトしようとした。これは現実じゃない。これは現実じゃない。何度も何度も心の声が呟き続けた。

――遺体は全裸でシーツに包まれ、川に遺棄されていた。

――性交の跡が見られ、おそらく暴行されたものと思われる。

――血中から大量の薬物が検出されており、腕には付いたばかりの注射跡がある。

――直接の死因は溺死（できし）だが、意識がない状態で川に投げ込まれた可能性が高いと見ている。

　その日から私の目に映る世界は変わった。

何の罪もない少女が犯され、殺される。なぜこんなことが起こるのか。あれから何度も考えた。

それはこの世界の本質が地獄だからだ。

大勢の人間に混じって、人の形をした鬼が徘徊する世界。鬼は他者を苦しませることを躊躇わず、欲望のままに蹂躙する。

あの子が出くわしてしまったそれは、あの子と二歳しか違わない十六歳の少年だった。札付きの不良として有名だった犯人は、すぐに逮捕された。捕まることなど恐れていないかのように、多くの証拠を残して。

だが犯人はおとなしく罪を認めようとはしなかった。

見え透いた嘘の供述で刑を逃れようとした。そのためなら被害者の名誉など簡単に踏みにじった。中学生の少女の純潔を鬼畜のように奪ったときと同じように。

——あの日初めて会った子だけど、誘ったら簡単について来た。

——親や教師が厳しくてうんざりしてるって。それで羽目を外したくなったって。

——初めてだって言うから、痛がらないようにクスリを打って、気持ちよくなってからしようと思った。あの子も乗り気だった。

——注射する量が多すぎたみたいで、しばらくしてから急に倒れた。息をしていなかったから、死んだと思って怖くなって川に捨てた。

弁護士の入れ知恵ではない。私は直感的にわかった。犯人はこのふざけた作り話を自分で考えて、遺族の私の前で話している。あの子を殺してから尚も辱めている。

私は公判中、刃物を忍ばせて奴に飛びかかるべきだったのだろう。どうせ十八歳未満の犯人が死刑になることはないのだから、その場で始末をつけるべきだった。だが絶望は人の手足を動かなくさせる。どんなに憎しみが強く、自分がどうなっても必ず殺すという決意があっても、絶望に蝕まれ虚無感に支配されてろくに食事も受け付けなくなった身体では、確実に息の根を止めることなどできるわけがない。

私は待たなければならなかった。長い長い時間。その間、凍りついた心臓を流れる血液を温めてくれたのは、復讐の炎だけだった。

裁判中、私は常に無気力な態度を通した。法は少年を葬ることも、一生檻に入れることもできない。それに私はどんな環境であれ、奴が生き続けることを許す気はない。だから奴には早く外の世界に出てきてほしいくらいだった。そうすれば自分の手で殺せる。だがそんな殺意は表に出すべきではない。警察に目を付けられても犯人を警戒させても得はない。だから裁判中も判決後も、憔悴して無気力になった遺族を演じた。

職場に復帰した私は仕事に打ち込んだ。娘を奪われた悲しみを仕事で紛らわそうとしている――そう周囲から見られることには成功していたと思う。復讐の機会を窺っているとは誰にも気取られなかったはずだ。

二年前には課長に昇進までしてしまった。だが責任ある立場になった身で逮捕されて会社に迷惑をかけるのは心苦しかったので、三か月前に退職願を出した。それでも私が殺人者になることで悲しむ人間が大勢いることはもちろん承知している。だがそれも復讐に比べれば些末な問題だ。誰が何と言おうと、この復讐こそが亡き娘への愛を最も証明できる方法だと私は信じている。

たとえば私が、どんな理由があっても人を殺してはいけないという思想の持ち主なら、犯人を殺さないことを正当化できただろう。だが私は、奴を殺すことに毛ほどの罪悪感も見いだすことができない。無気力に支配され、身体を思いどおりに動かせなかったのも過去のことだ。それに両親が既に他界して兄弟もいない私には、殺人犯の家族と呼ばれて不幸になる人もいない。それでも実行に移さなかったとしたら、それは単に自分が逮捕されて刑務所に入りたくないからということになってしまう。逆に投獄されることも厭わず復讐を遂行できれば、我が子への愛を証明できるのではないか。そのとき初めて私はあの子の墓前で笑うことができる気がする。

改めて殺意を反芻した私は、最後にもう一度バッグの中身を点検し、部屋を後にした。空っぽの部屋には鍵をかける必要もない。今日のうちに警察がこの部屋を調べに来るはずだから、どうせそのとき開けられる。

通りでタクシーを拾って目的の病院へ向かう。ここからはそれなりに距離があったが、もうタクシー代を節約する理由がない。

「あの病院、けっこう待ち時間が長いんですよねえ」

若い運転手がそう話しかけてきた。見舞いではなく通院と思われたのも無理はない。私が座った位置からはルームミラーで自分の顔を見ることはできなかったが、それでも自分の顔色が普通でないことくらい想像がつく。

私が曖昧(あいまい)に返事をすると、運転手も会話を続けようとはしなかった。平静を装っていたつもりだったが、会話が弾みそうな相手でないということは見透かされてしまったらしい。人のよさそうな顔をした彼はもうこちらを振り返ることなく車を走らせた。

病院に着いた私は、建物に入る前に立ち止まって空を見上げた。娘が殺された日とは対照的な、澄み渡った青空が広がる中に白い雲が浮かび、涼しい風がそれを流していく気持ちのよい日だった。

院内に入ると、さもただの見舞客のような足取りを意識して三階の病室へ向かう。だが廊下を行く看護師に注意深く観察されたら、熱に浮かされたように震えているのがすぐにばれただろう。

一瞬で事を終わらせる。何度も決めていたことを最後にもう一度確認する。娘の無念を思えば、楽には終わらせずに、たとえ一分かそこらの時間しかなかったとしてもその中で最大限の苦痛を与えて殺すべきだったが、最も重要なことは失敗しないことだ。私はこれまで暴力とは無縁の人生を送ってきた。どんなに憎い相手でも、人間の肉体を刺し貫く感触や、噴き出す血しぶきに精神が耐えられるとは限らない。痛めつけるための一撃で血の気が引いたり気が遠くなったり、そんなふうにして肝心要のとどめを刺すことに失敗してしまっては元も子もない。だから速やかに、確実に死を与えるべきだ。

娘を殺した犯人について調査を依頼していた探偵から、バイクで事故を起こして片脚を骨折した奴がこの病院に入院したことを聞いて、私は歓喜に震えた。その感情は事件以降ずっと封印されていたもので、自分がまだ強く喜びを感じられるのだということに驚いたくらいだ。――絶好の機会。ああ、ようやく決行の時が来た。

階段を上がりきり、病室が並ぶ廊下に踏み出す。探偵の報告が正しければ、奴は複雑骨折した片脚にギプスをしている。眠っていなくてもベッドに横になっていれば、素早く起き上がって抵抗することは難しいだろう。

私はその病室の前で足を止めた。左右を見回し、誰もいないのを確認してからバッグの中に手を突っ込んで包丁を握りしめる。まだバッグの外には出さない。手の震えが止まらない。深呼吸をして静めようとする。あと少しで全てに決着をつけることができると自分を鼓舞する。

生前の娘の笑顔を思い浮かべる。

生まれたばかりのあの子を胸に抱いたときの感触を思い出す。

この世の全ての残酷なことから、この子を守ってあげたい。そう強く願っていた。それができると思っていた。

最後に今でもフラッシュバックする、あの子の死に顔を思い浮かべる。震えが止まった。もう大丈夫だ。私は必ずやり遂げられる。

病室に足を踏み入れる。奴は窓際のベッドにいた。探偵の調査どおり骨折した脚を吊るしている。足早に近づく私を見上げた顔は見間違えようがない。死んだ魚のようという月並みな比喩が正にぴったりと当てはまるような、生気に欠けた顔は入院生活のせいだけではあるまい。裁判のときにもこの男は常にこんな目をしていた。

私がベッドのすぐ脇に立っても、奴は何も思い出さなかったらしい。怪訝な顔で何か言おうとしたが、その前に私はバッグから手を抜き出した。握りしめた包丁を、腹部に向けて突き出した。昔一度だけ同僚が釣り上げたという鮭をもらった際に捌いてみたことがあるが、そのとき包丁を差し入れたときの感触と、それほど相違なく刃は人体に潜り込んだ。絶叫が上がるまで二、三秒の間があったように感じた。そのときには既に血が入院着に染み出して、赤い楕円が徐々に広がっていった。

奴が振り回した腕が私の身体に当たり、思わず一歩下がったはずみに傷口から包丁が抜けた。赤い楕円が広がる速度を上げ、私は我に返る。素早くメッタ刺しにするつもりだったのに、人を刺した感触に思わず手を止めてしまっていた。気を引き締めて再度包丁を突き出す。

奴は腕を伸ばして阻もうとしたが、抵抗空しくあっさりと刃は腹に吸い込まれる。次は素早く引き抜いて、三度、四度、五度と刺すと、私の身体を叩く腕から力が失われていくのがわかる。

その間、奴の口から漏れるのは言葉にならない絶叫と呻きだけだった。本当は殺す前に一言でも謝罪や悔恨の言葉を引き出したかったのだが、この様子だとそれは難しそうだ。廊下を駆ける足音が近づいてくる。病院の警備員が取り押さえようとしてくるかもしれないし、無関係な人を傷つけるようなことはしたくない。急いでとどめを刺すことに決めた。首を狙って思い切り包丁を突き出したが、狙いは大きく逸れて顎の骨に当たり、滑った刃が頬の肉をべろりと削いで布団に突き刺さった。開いた傷口から歯茎と、僅かに歯も覗いていた。

凄惨な光景にこみ上げる吐き気をこらえながら、次は慌てずに切っ先を首筋にあてがう。力ない手が私の腕を掴み、ふと私たちの視線が合う。その眼差しが訴えてくる全てを無視し――奴が私の娘の人格とか尊厳とか人生とか、加えて人間の倫理とかいったものを全て無視したのと同じように――渾身の力で刺し貫いた。排水口が詰まったような音を立てて口から溢れ出た血が、顔の下半分を真っ赤に汚した。

病室に飛び込んできた看護師が悲鳴を上げることなく息を呑んだ。ぼんやりと彼女を見つめた。熟練の看護師に見えたが、凍りついたように一言も発することができないようで、目が合うと一歩後ずさった。私は構わず右腕に力を込めたが思うようにいかなかったので、両手で包丁を引き抜いた。鮮血が迸り、看護師の悲鳴が響く。

「警察！　警察呼んで！　患者さんが刺された！」

それを聞きながら、私は奴の見開かれた目がそのまま動きを止めたことだけを確認した。安心して包丁を手放そうと思ったが、握りしめた右手が硬直して開かなかった。震える左手で一本一本指を引きはがし、人差し指を緩めたときにようやく包丁は床に落ちて鋭い音を立てた。いつの間に病室の前に集まっていた看護師や医師たちが飛びかかればそんな私を取り押さえることは難しくなかっただろうが、彼らは皆固唾を呑んで殺人犯を遠巻きにするだけだった。


それからのことは詳しく覚えていない。警備員が来て、私は敵意がないことを示すように手を上げ、そして取り押さえられ、急行してきた警察に引き渡された。訊かれたことに全て答えたし、自白の裏付けもすぐに取れた。

全てをやり遂げたことで虚脱感に支配されていたから、取り調べのやり取りは夢を見ているように曖昧模糊としていた。ただ、すぐにある程度の事情が分かると、刑事は高圧的な態度を取ることもなく、丁寧と言ってもいい物腰で接してくれたことが印象に残っている。

警察署で眠りにつくとき、私は満ち足りた気分だった。取り調べも裁判も刑務所暮らしも恐れることはない。やるべきことはやり終えた。心残りも目標もない日々を、娘との思い出だけを糧にして、心穏やかに生きるだけだった。自殺を考えはしなかった。少なくとも今私の心は晴れやかだったし、これからの日々が死を願うほど辛いものになるとは到底思えない。娘を殺したあの男がのうのうと生きているという事実に耐え続けた日々に比べれば、囚人として何年も囚われることなど何ほどのこともない。

地下の肌寒い空気の中で、長い一日の疲れは、とうに昂ぶりが収まった私をあっという間に眠りに導いていった。

目覚めたとき、私の目に入ったのは見慣れた部屋の天井だった。

それをはっきり認識して飛び起きた。眠気は一瞬で吹き飛んでいた。

檻の中で一夜を明かしたはずの自分がなぜここに？

周りを見回し、自分を見下ろす。やはりどう見ても自宅の寝室で、寝間着を着ている。

呆然としたのも束の間、携帯端末の画面を見ると、今日の日付が表示されている。間違いなく、眠りにつく前の日付――あの男を殺すと決めていた日付だった。

テレビをつけて確認するが、やはり日付に間違いはない。

常識的に考えれば、あれは全て夢だったということになる。決行前夜に昂ぶった精神が見せたリアルすぎる夢だと。何せ人を殺した——いや、これから殺そうとしているのだから、まともな精神状態でいられる方がおかしい。俄には信じがたいが、そんなときには目覚めてから振り返っても現実としか思えないような鬼気迫る夢を見ることもありえるかもしれない。釈然としないような気もしたが、とにかく今日これからやるべきことは決まっている。夢の中でリハーサルができたと思えば、むしろ本番の成功率を高めてくれる気がした。

　あまりにも真に迫った夢で、飛び散る血しぶきの熱さ、鼻腔を刺す臭い、そして何より人体を刃物で刺し貫く感触が鮮明に思い出されたが、怖気づいて今日の決行を取りやめる気など毛頭なかった。たとえ夢で見た以上の地獄絵図が待っていようとも、娘の無念は必ず晴らす。夢の中で凄惨な死を与えようとも、あの悪魔は現実に今呼吸をし、改悛の情など欠片も見せることなく、病院を出てから繰り返す悪事に想いを馳せているに違いないのだから。

　包丁をバッグに入れて部屋を出る。夢の中でしたように鍵はかけない。時刻を確認すると、夢で見た時間より少し早かった。

　通りでタクシーを拾って、病院を目指す。頭の中で数百回は繰り返した迅速な流れと、夢の中の決して無駄がないとは言えない動作を比較する。私はあのリアルな夢よりも上手く奴を殺せるだろうか。

　だがそんな不安も、病院に着いた瞬間掻き消えた。奴のいる空間に近づいて殺意が増したからではない。眼前の異常な光景に気を取られたからだ。

病院が、夢で見た病院とそっくり同じだった。——私はこの病院を訪れたことがない。一度も見たことのない実在の建物が夢に出たというのはどういうことか。

まるで予知夢だ。だが世の中にはデジャ・ヴというものがある。実際はあらゆる意味で初めて見るものなのにどこかで見たように感じる。今日の夢で見たような気がする、それだけなのかもしれない。大体病院の建物などどれも似たようなものだろう。

納得して落ち着きを取り戻すと、中へ足を踏み入れた。ロビーも夢に出てきたとおりのように思えたが、これもデジャ・ヴで説明がつく。

そしていよいよ病室で奴と対面して、その顔があまりにも夢で見たとおりだったのも、そもそも私は裁判の間、絶対にこの顔を忘れないように脳裏に刻みつけていたのだから、たとえそのときの記憶と目の前の男の容姿に、髪形など若干の違いがあるとはいっても、ありえない不可思議な現象とは言えないだろう。

だが混乱してこんなことを考えているうちに、奴は自分の方を凝視する私に警戒感を露わにした。

「何見てんだよ。誰?」

私はベッドの脇に駆け寄り、バッグから取り出した包丁を突き出した。寝ている人間に振り下ろすのだから、刃が下を向くように握った方がよかったのではないかと夢の内容を振り返って反省していたのだが、混乱していた私は咄嗟に普通の握り方をしてしまっていた。しかしそのまま体当たりするようにベッドの上の胴体に刃を突き刺すと、夢で感じたのと全く同じ感触が伝わってきた。その符合のあまりの奇妙さに、一瞬動きを止めてしまった。

我に返ったのは、奴の拳が私の頬を打ったからで、そのとき驚いて思わず包丁を離してしまった。奴はその隙に悲鳴を上げながら包丁を腹部から引き抜き、威嚇するように振り回した。私は一瞬たじろいだが、奴の傷が致命傷でなさそうだと考えたとき、覚悟を決めた。絶対にしくじるわけにはいかない。刺し違えてでも奴にとどめを刺さなければ。

包丁を握った右手に飛びついて、必死で奪い返そうとする。だが指がほどけない。そうしているうちに髪の毛を摑まれ、引っ張られる。私は思い切って片手を離し、奴の傷口の近くをまさぐる。悲鳴を上げながら奴が私の手首を摑んで止める。互いに両手を塞がれた状態でもがいてから、私は目の前で暴れている奴の右腕にかみついた。遂に包丁が落ちる。私は拾ったそれを、次こそ振り下ろしやすいように握り、身体ごと沈み込むように胸の辺りを狙った。だが奴が腕で防ごうとしたせいで、刃は先端しか刺さらなかった。更に深く刺そうとするが、奴は必死で私の腕を摑んで抵抗する。

そこで警備員が病室内に飛び込んできた。夢の中ではこのとき既に助かりようのない傷を与えられていたのに！　私は一度大きく振りかぶるようにして奴の腕を振り払い、全力で包丁を振り下ろしたが、奴が伸ばす腕に邪魔されて、急所に深く刃を突き刺せなかった。そして私は後ろから警備員に羽交い絞めにされ、あっさり捕縛されてしまった。

奴は腕や胴から血を流しながら、ほとんど動かなかった。

現行犯で逮捕されてからの一連の流れも、やはり夢で見たとおりに進んでいったが、私にとってそれはもはやどうでもよかった。気がかりだったのはただ一つのことだけだった。だから取り調べの最中、刑事が放った一言に、私は声の限り絶叫したい衝動に駆られた。

――あいつが一命を取り留めた。

最悪の結果だった。私は仕損じた。殺人未遂の罪で裁かれ、あいつは怪我が治り次第自由の身になり、のうのうと生き続ける。

刑期を終えて自由の身になるか、或い(ある)は執行猶予がつくか、どちらにせよ奴が不自由且つ無防備なところを襲撃できる千載一遇の好機はもう二度と訪れないだろう。

後悔が頭を支配し、みっともなく涙がこぼれそうになるのをぐっとこらえる。感情がぐちゃぐちゃにかき乱され、しばらく集中してものを考えることができなかった。だが留置場に連行され肌寒さの中で長時間過ごすうち、あの強い意志が蘇(よみがえ)ってきた。

難易度が上がろうと関係ない。私は必ず成功させる。

自由を奪われた我が身を慰めるようにつらつらと思考を重ねた。また同じように刃物で襲いかかるのは確実性に欠ける。より強力な武器を使うべきだ。この国でどうにかして銃を手に入れるのと、自作の爆弾を作るのとどちらが早いだろう。ボウガンのようなものなら簡単に手に入るのだろうか。それより車で轢き殺す方が簡単だろうか。いや、そんなことより今は裁判で執行猶予を勝ち取れるよう、弁護士を雇って相談することが先決か。

先行きは暗いが、決して諦めはしない。今はそれだけはっきりさせれば十分だった。

決意を新たにした私は再び殺意で頭を満たしていて、薄い布団に横たわったときには、あの一連の奇妙なデジャ・ヴのことをすっかり忘れてしまっていた。


そして翌朝、私が目覚めたのはまたしても見慣れた自室だった。

ここに至ってようやく、自分が常識では説明がつかない状況にいることを悟った。

飛び起きてしばらくはまだ半信半疑だったが、新聞の日付を確認したときに目に入った一面の見出しに覚えがあるのは、ただのデジャ・ヴではありえなかった。もはやあれが鮮明すぎる夢などという可能性は、自分へのごまかしでしかなかった。見ている最中ならともかく、起きてから振り返ってみて現実と全く区別がつかない夢など今まで見たことがない。

——今日という一日が、繰り返されている。

そうとしか考えられなかった。だが一体何がどうしたら、そんな超常的な現象が起こりえるのか。

しかも、よりによって私にとって重要なこの日に限って。

そこまで考えて閃いたものは、娘が殺されてからはもちろんのこと、その前から信じたことなどなかったもの——つまり、人々が神と呼ぶ存在だった。

まさかそんなはずはと、ふと浮かんだ私らしくない想像を振り払おうとしたが、この「繰り返し」が何者かの意思により引き起こされているとしたら、そんなことができるのは人知を超えた存在だけではないか？

そして何らかの目的があってこの「繰り返し」を起こしているのだとしたら？

あの男や病院にいた人間、警察関係者の様子を考えれば、私だけがこの一日を二度繰り返したのは間違いない。私が娘の仇を殺すという大願を遂げた日に、人知を超えた現象が私だけに起こったという事実は、ただの偶然とは思えない。

一つの仮説が浮かんだ。もしや私が奴を殺そうとしたことで、今日が繰り返されることになったのではないか。だとしたら、何者かが——それが所謂神と呼ばれるような存在かはともかく——私の復讐を止めたがっているということなのか。

私が罪を犯すことのないように？

神が殺人を踏みとどまるよう私を導いている。この想像は私に敬虔な気持ちを呼び起こさせたか。断じてそんなことはなかった。この世界では毎日、何の罪もない人々がたいした理由もなく惨たらしく殺され続けている。数えきれないそれらの殺戮を、神が止めたことが一度でもあったとは思えない。神などというものが存在するとしても、それは決して人間に救いの手を差し伸べてはくれない。あの子を守ってくれなかった神に、あの悪魔のような少年の蛮行を黙って見過ごした存在に、私の復讐を止める権利などない。いつも貴様がしてきたように、指を咥(くわ)えて傍観しているがいい！　私が頭(こうべ)を垂れると思ったら大間違いだ。

　とはいえ、また病院へ行って奴を殺しても——前回の失敗も糧にして次は確実に仕留められる自信があった——また今日を繰り返すという事態が延々と繰り返されるのでは、それは果たして仇を討ったと言えるのだろうか。何度奴を地獄に送ったところで、その度生き返られ、しかも本人にも殺された記憶がないのだとすれば何の意味がある？

　いや、今はそんな葛藤(かっとう)をする前に、そもそも私が何もしなければこの「繰り返し」が終わるのかを試してみなければなるまい。奴は今日明日退院してしまうわけではない。とりあえず今日のところは決行を諦め、無事明日が来ることを確認してから改めて奴を殺しに行っても遅くはないはずだ。その結果、次は明日という一日が繰り返されることになったら——そのときはまたどうするべきか考えればいい。まずは自分の仮説が正しいのか確認できる部分を確認すべきだ。この現象の法則を——そんなものがあるのなら——明らかにしなくては。

　私は様々な憶測を重ねながら、一歩も外に出ることなくその日を過ごした。既に空にしていた冷蔵庫には食材も何もなかったが、得体の知れない恐怖に食欲は奪われ、神経がささくれ立って落ち着かない。じっとしていると悪い想像ばかりが浮かぶ。

時刻が深夜に迫った頃、一つの疑問が湧いてきた。本当に一日が繰り返されるとして、もし夜通し眠らずに起きていた場合何が起きるのか。これまでの二回の「繰り返し」では、達成感や疲労によって深夜には眠っていたわけだが、必ずしも眠ることで「繰り返し」が始まるとは限らないのではないか。

近くのコンビニまで眠気覚ましのガムを買いに出かけることにした。もしかしたら今夜は長い夜になるかもしれない。

帰宅した時間は二十三時過ぎだったが、私はそれから四時間半もの間、ガムを嚙みながら時計を睨み続けていた。

零時。

一時。

二時。

三時。

三時半。三時三十一分。三時三十二分――

時計を睨みながら部屋を歩き回っていた次の瞬間、私は目覚めたばかりの気怠さを抱えて横たわり、部屋の天井を眺めていた。部屋の照明は消え、カーテンを透かす朝日が部屋を仄明るくさせている。

――戻されている。「今日」の始まりに。歩きながら一瞬眠ってしまったとは考えにくい。この「繰り返し」は眠りとは無関係なのか。

そうなると、この「繰り返し」の始まる時間も私が目覚めた時間とは無関係と考えた方が自然ではないか。「繰り返し」の「終点」の時刻は、三時三十二分のはず。仮に繰り返されるのが二十四時間だとすると、「始点」の時刻は私がまだ熟睡している三時三十二分ということになる。だが繰り返されるのが二十四時間とは限らない。どちらにせよ「始点」の時間に私が眠っている以上、正確な時刻を知ることはできない。

とにかく起きた後で一日をどう使うかは自由に選択できても、起きる時間はもう変えられないということだ。たとえば誰かに電話で起こしてもらいでもしない限り――

そこまで考えてふと思いついた。この「繰り返し」は本当に私だけに起きている現象なのだろうか。世界の時間が巻き戻っているというより、私の感じる時間だけが繰り返されているような、いわば私の脳内だけで起きている主観的な現象なのだろうか。だが私は知るはずのない朝の新聞やニュースの内容を知っていたし、初めて見るはずの病院の様子も記憶していた。それら全てひっくるめて私の妄想であり思い込みであるという可能性はこの際考えても仕方ないだろう。やはり世界中が今日という日を繰り返していると考えた方がしっくり来る。だとすると、私以外に「繰り返し」に気づいている者はいないのだろうか？
そして何より、この「繰り返し」に終わりはあるのか。次か、それとも十回目か百回目かに突然、何の前触れもなく今日が終わって明日が来るのか、或いは明日に進むためには何かの条件が必要なのか。私が病院に行かなくても「繰り返し」は終わらないことはわかった。次に試せる手は何か。

私の人生にはもう復讐以外の希望はないし、未来など望んでもいない。永遠に今日が繰り返されるというのは恐ろしいことだろうが、しかし私はその恐怖を真に迫ったものとしては実感できなかった。元より屍(しかばね)同然に生きている身だから、恐怖の感情が鈍化しているのかもしれない。この「繰り返し」から逃げ出したいという切迫感はまだない。それでも、何としても謎を解き明かして明日を迎えなければならない。

今日が繰り返される限り、本当の意味で娘の仇を取ることはできないからだ。明日が来ない限り、奴は何度でも生き返ってしまう。

私は再度、この現象が起こった原因について思いを巡らせた。

私などには仕組みは想像もできないが、これがもし何らかの自然現象（？）だとすると、あまりにも私にとって出来すぎたタイミングだ。復讐の決行日にたまたま超常的な現象に巻き込まれるなどという偶然がありえるだろうか？　仮に私以外にも今日この日が繰り返されていると気づいた人間がいたとしても、今日が私にとって特別な日であることは確かだ。

やはり、何者かの意思が働いているのか。

私は娘が天国にいて、いつかそこで再会できるなどと思ったことはない。生まれ変わりとやらも信じていない。毎朝仏壇に手を合わせはしても、それで娘の魂が慰められるとは思っていない。私は昔から霊的なものは一切信じていないし、神も仏もこの世にはいないと確信してきた。

だがこの現象が錯覚などではないと確信したとき、真っ先に脳裏をよぎったのは神と呼ばれる存在だった。神が私に何かをさせようとして、この時間の牢獄(ろうごく)に私を閉じ込めたのだと。

では、神が私に望みそうなこととは何だろう?

すぐに思いついたのは〝赦(ゆる)し〟だった。

私が犯人を赦すことを、神は求めているのかもしれない。ひいてはそれが私の魂を救うことになると。

ただその場合、具体的な行動を起こさず部屋にこもっていても「繰り返し」は起きたのだから、単に今日の決行を諦めるだけではなく、心の底からの赦しが必要なのかもしれない。

私は自問した。赦すことができるかと。

その問いは事件の後に散々繰り返され、もう結論が出ていた。

私は三度目になる準備を終えると、繰り返しが始まった日――私の主観では三日前――と同じ時間に家を出た。

通りでタクシーを拾うと、見覚えのある若い運転手が話しかけてきた。

「あの病院、けっこう待ち時間が長いんですよねえ」

自分は見舞いに行くのだと言おうとして、思いとどまった。今日の私はもうそれほど顔色が悪くなかっただろうが、バッグしか持たずに手ぶらで見舞いに行くのは不自然だと思われるかもしれない。

「厄介な病気で、毎日のように通ってるんです」

あながち嘘でもない。絶望とは死に至る病である、とは誰の言葉だったか。初めてこのタクシーに乗ったとき、私の心には希望があった。どす黒く、およそその言葉の持つ輝かしい響きとはかけ離れたものであっても、それは確かに希望だった。私を生かし、明日へ運ぶ原動力。

「そうでしたか。すみません」

「気にしないでください。いちいち落ち込んでたら病気には勝てませんよ」

病院に到着し、病室へ直行する。私が誰だか思い出せない男の前に、三度(みたび)立つ。無言で見下ろす私に奴が顔を向ける。

私は時間を数える。一。二。三。

「何？　誰だよ」

六。七。八。

「おい、何睨んでんだ。ふざけてんのか」

私は何も言わず奴の背後を指さした。奴は首を捻(ひね)って後ろに目をやる。顔を戻したときには、もうバッグから包丁を取り出していた。奴が咄嗟に手を上げる寸前、首筋に刃を走らせた。血飛沫(しぶき)が迸り、目を見開いた男の喉(のど)から声にならない悲鳴が絞り出される。くぐもった音と血の泡が、すぐに訪れる死の瞬間まで続く苦痛を想像させる。私はそれを見下ろし、赦しという選択肢を抹消した自分の正しさを噛みしめる。

十秒も待った。憎きこの男と至近距離で目を合わせて十秒。それでも私が誰なのか気付きもしなかった。

なぜ忘れられる？　自分が身勝手な理由で命を奪った何の罪もない少女の、その遺族の顔を。裁判で何度も見たはずの、自分に憎悪を向ける人間の顔を。

罪悪感がないからだ。この男にとってあの子は、自分の獣欲を満たすためだけの存在だった。誰かの子供であり、誰かの友人であり、誰かを愛し愛される一人の人間であることなど考えもしない。肉食動物が草食動物を狩るように、人間を獲物としか見ていない。この男は人間ではないケダモノなのだ。

人間界に生まれ落ちたのがそもそもの間違いだ。赦しなど一切不要。この男の命にも何かの意味があるとするなら、それは罰を受けるためだけに存在する。

獣が覚えるのは、獲物と外敵の姿だけだ。裁判の間に睨みつけることしかできない非力な存在を、獣は警戒すべき敵とは見なさなかった。私が自分の命を脅かすことなど思いもしなかったに違いない。そういう意味では司法すらこの獣の天敵たりえない。若さだけを理由に、どんな凶悪な罪を犯した者でも生存を許されるのがこの国の法律だ。自分が無敵のように錯覚しただろう。だが法が許そうと神が許そうと、私はこいつを徹底的に追い詰める。

放っておいても苦しんで死ぬだろうが、「二周目」の失敗のこともある。逆手に包丁を持ち直して、腹部と太腿(ふともも)を数回刺しておいた。最初に看護師が異変に気付いたときにはもうケダモノは動かなくなっていた。

その後の取り調べでは、進んで協力的に訊かれたことに答えた。その方が黙秘するより順調に事が運んで楽だと思ったからだ。留置場で横になれた時刻は「一周目」や「二周目」よりも早かった。

眠っている間に、また戻されるだろう。赦すという選択肢を捨てた以上、そのことは覚悟していた。黙って絶望に殺されるくらいなら、奴を延々殺し続ける道を選ぶ。神が諦めて時計の針を再び進めるまで、私と神との根比べだ。

目を覚まして自分が見慣れた部屋にいて「五周目」が始まったのだと悟っても、もう絶望はしなかった。

今回は鞄に包丁と一緒に金槌（かなづち）も忍ばせて、手早く朝のうちから病院に向かった。これから何度も何度も奴を殺すことになるなら、得物も殺し方も豊富な種類を用意しておいた方がよさそうだ。

変化が訪れたのは「十三周目」だった。

病院の駐車場を出て正面出入り口に向かうと、そこに立っていた男が声をかけてきた。

「あの、ちょっといいですか」

「何ですか」

随分顔色の悪い男だったが、私は彼に見覚えがあるような気がした。

「今日はどうやって殺すんですか」

その質問の意味を理解するまで——正確には質問の原因と意図を理解するまで、かかった時間はどのくらいだったろう。十秒は経っていなかったと思う。さすがにそれだけの時間無言で目を見開いていたら、相手の方から続けて何か言っただろう。

「——なんで……これから起こることを？　いや、起きたことを知ってる？　あなたは

「……」

私がその先を言う前に、彼は警戒したように一歩後ずさった。

「やっぱりそうか……」

この「繰り返し」の中では、私が行動を変えない限り何も変化するものはなかった。そこに突如現れた、「前の周」で起きたことを知っている様子の男。彼が今どういう状況にあるのかは想像に難くなかった。

「まさかあなたも、繰り返してる？　いつから……」

そこではたと気付いた。私は「繰り返し」の中で彼に会っている。

疲れたような、いや怯えたような表情と私服のせいで気づかなかったが、人のよさそうなこの顔は「一周目」と「四周目」に乗り込んだタクシーの運転手だ。

「……今日が『九回目』です」

ということは彼の繰り返しが始まってから既に八回、私は娘の仇を殺していることになる。そのうち一度はガソリンをかけて焼き殺しているから、もし彼が毎回ニュースに目を通していれば、同じ一日を繰り返すはずの世界で違う殺害方法を用いている私に疑問を感じることも可能ではある。

「詳しい話を聞かせてもらえますか？」

私は院内にあるカフェに男を誘った。時間には余裕があった。獲物は逃げられないし、自分が狙われていることを知らないのだから。時間がずれれば誰かが奴のベッドの近くにいる可能性もあるが、たとえ邪魔が入ろうと、すっかり人殺しに慣れた今ならしくじることはなさそうだった。

「僕の『ループ』が始まったのは、あなたをこの病院まで乗せてきた日でした」

男は単刀直入に切り出した。事前に話の内容を整理してくるのは当然として、いかに殺人者を刺激せずに話を進めるかということにも頭を悩ませたのではないか。

「なるほど。ニュースを見て驚いたでしょう。これから人を殺す人間を犯行現場に送っていたなんて」

「僕のこと、覚えてましたか」

「あれは私にとっての『四周目』でした。実は『繰り返し』が始まる前の『一周目』に乗ったタクシーもあなたのだったんですよ」

「そうなんですか。ってことはやっぱり……僕がループするようになった原因は、あなたにあるんじゃないかと……」

意外な話の方向に困惑した。この「繰り返し」が私に何かを求める神の意思によるものという仮説を立てたことはあったが、それにしても彼は私の復讐とは無関係な人間だ。彼はただ客の私をタクシーで運んだだけの関わりしかない。

「それは……私と接触したせいで、あなたも今日を繰り返すようになったと？」

「自分でも無茶な理屈だとは思ってます。でも他に思い当たることがなくて……」

しかし馬鹿げたことをと一笑に付すことはできなかった。不信心な私でも神の仕業だと思ったくらいなのだ。こうして現に超常的な状況に陥っている以上、その原因が常識の範囲内に収まると考えるのは早計だ。

「病気じゃあるまいし。この『繰り返し』――あなたの言うループがウイルスのように人から人へ感染するとでも？」

或いは彼がタクシーで私を病院へ送ったことで、私の復讐に加担したと神に見なされ、天罰を下されたというのはどうだろう？　だがこんな荒唐無稽な説を披露して彼を余計混乱させても仕方ない。

「やっぱりありえないと思いますか？　でも他にもループしてるっぽい人間がいるみたいだし――」

「えっ、どういうこと？」

思わず身を乗り出した私に、男は身を強張らせた。私は彼が洗いざらい話してしまいたくなるよう、殺人者らしい目つきを意識しながら睨みつけた。

「その話を詳しく」

「ニュースとか見てないんですか？」

「娘の仇を討ちに行く前にテレビなんて見ないし、ラジオも聞かない。どんなニュースが、どんな新しい事件が流れてるんですか？」

　私たち以外にもループしている可能性のある人間。その存在に気付くことができるのは、第一に彼らが何か大きなことをやらかして、それが報道された場合だ。

「僕が『一周目』には聞かなかったニュースだけでも、放火殺人が一件と、暴行殺人事件――発覚したのは深夜で、ループする一時間前にニュース速報が流れたんです」

「まさか二件ともこの近くで？」

「はい。だから僕はあなたが『感染源』じゃないかと思ったんです。他にも飛び降り自殺が一件。どれも僕の『二周目』から『八周目』の中で二度と同じことは起きませんでした。他の地域でもこういう、元々起きていなかったはずの事件のニュースがあるのかまでは、チェックしてませんが」

「少なくともその三人がループしてる？　いや、事件が起きても、その日のうちに発覚して報道されるかは――」

　誰にも知られず事件にならなければ、第三者にはその日のうちに知りようがない。

「そもそも誰もが大それたことをやるわけじゃありません。僕だってニュースになるようなことは何も」

　今度は私が目の前の男に怯えた目を向ける番だった。眉間（みけん）に皺（しわ）を寄せた彼が頷（うなず）く。もし私とタクシードライバーの想像どおりなら、現時点で数十人、数百人、もしかするとそれ以上の人間がループに巻き込まれている可能性がある。

「だとしたら大変なことに……」

自分が同じ一日を何度も繰り返すと知ったとき、人はどう行動するか。事件の裁判を通して、私は人間がいかに醜悪で汚らわしい生き物になれるか思い知った。人間の悪徳に関して、世間の人々が知っていると思い込んでいる以上のことを知ることになった。平和に生きている限り触れることのない人間の暗部。それと向き合った私にはわかる。想像できるのではなく、確信がある。

同じ一日を繰り返すということは、もはやどんな法にも縛られることがないということだ。そして鎖がなくなれば、人に紛れ込んでいた獣は嬉々として飛び出し、欲望の赴くままに行動する。

「ループしてる人間は何をやっても、一日経てばなかったことにできる。そりゃあ好き放題やる奴が出てきますよ」

「しかもループする人間は増えていくかもしれない。もし大勢の人がループするようになったら……？」

少なくとも既存の秩序は崩壊するだろう。だが私はその恐ろしい想像について考えると同時に、私にとって希望となるある可能性について思い至った。

「そういえば、さっき飛び降り自殺した人がいて、その人もループしてるんじゃないかって」

「ええ、たぶん。このループを悪い夢か何かと思い込んで、死ねば夢から覚めると考えたんじゃないでしょうか」

「でも抜け出すことはできないでしょうね。このループは個人の、脳内とか精神で起きている現象とは思えない。世界全体がループしていて、それに気づける人が現れ始めていると考えた方がいいでしょう。自殺しようが何をしようがループを抜けることはできなくて、また新しい今日が始まる。或いは死によって、またループに気づく前の状態に戻ることもありえる……？　どうもよくわかりませんね」

「飛び降りた人がループから抜け出せなかったとして、すぐにもう一度チャレンジするとは限りませんからね。ニュースで一度だけ飛び降り自殺が報じられただけじゃ、その人がまだループし続けてるか判断できませんね」

「そもそもこの日に起きる出来事が、ループを認識した人の干渉がなければ必ず同じになるっていう保証もないか……たとえばある人間が自殺しようとビルの屋上のフェンスを乗り越えた後、一歩を踏み出せるかどうか。もしかしたらその人が『踏み出せる日』と『踏み出せない日』があるのかも。そうなると自殺した人が必ずしもループに気づいた人間とは限らなくなる」

そこで疑問が湧いた。このタクシードライバーはわざわざ殺人犯に会いに来て、一体何をさせようというのだろう。ただ同じ身の上同士相談するためとは思えなかった。

「もし自殺すればループに気づく前に戻れるとして、あなたは実行するんですか？　おそらくあなたの記憶が一日ごとにリセットされるようになるだけで、世界は依然としてループし続けるんでしょうが」

「いや、その可能性を考えるととても死んでみる気にはなれません」

記憶が次の周に持ち越されないようになれば、主観的にはループから抜け出たと考えることもできる。だが他にループを認識している、そしてこれから認識するであろう人間が大勢いる可能性を考慮すれば、それは無秩序な世界に対して無防備になるも同然だ。どんなひどい目に遭っても記憶には残らないとはいえ。

「そうでしょうね。他に何か試せることはあるかな……」

私が呟くと、彼は目を伏せて口ごもった。何かあるなと思った。そもそも私に会いに来たのはそれを話すためではないだろうか。彼はしばらくして下を向いたまま話し出した。

「実は一つ考えてみたんです。ループが終わる可能性のあることを」

「どんな方法ですか」

「さっきも言ったんですが、僕はこの現象のきっかけはあなただと思ってます。だからその、あなたがいなくなれば……」

ようやく彼が何を言うために私に会いに来たのかがわかり、彼の勇気に敬意を表したくなった。

「私に、世界のために死んでくれと、そう言いたいんですね」

人殺しにそれを頼みに来るのは、さぞ恐ろしかっただろう。

「それは……はい、そういうことです」

改めて観察するまでもなく、彼は手ぶらで凶器の類を隠し持っているわけでもなさそうだ。自分の手で私を殺しに来たわけではないらしい。そのつもりがあるなら何も言わずに背後から刺すだろう。

「奴を殺した後、自殺しろと？」

「……はい」

世界のために死ぬ。あの子を失った世界は、私にとってそれほどの価値がある、守りたいものだろうか。原因が自分にあるとはっきりすればもう少し罪悪感や責任感も湧いてくるかもしれないが、所詮ここまでの話は全てたいした根拠のない仮説に過ぎない。

だがそれでも――

「……さっき訊いてきましたよね。今日はどう殺すのかって」

あれは単に私の反応を見るための質問だったのだろう。けれど不意に私はこれまでの日々について誰かに語りたくなった。

「包丁でやるのは随分慣れました。今ではもう仕損じる心配はないです。それで奴にもっと苦痛を味わわせることはできないかと思って、この前はガソリンを持ち込みました。ただ一歩間違うと病室が火事になるから、もうやらないと思います。別に包丁だけでも苦しめて殺すことはできますしね。ただ……どんなに苦しめようと殺そうと、結局は一日で元どおり。本当の意味で娘の仇を討つことはできない」

だが私の死で時計の針を進めることができるなら。

「世界のために死んであげたいとは思わないけど、今日を終わらせて、奴のいない明日が来るなら、自分の命なんて惜しくない」

生きる理由がなく、死ぬ理由ができた。ならばやることは決まっている。

病室に入ると、もう奴は起きて携帯端末をいじっていた。「六周目」からは奴がまだ寝ている午前九時辺りに来るようにしていたのだが、カフェで話し込んでいたせいで遅くなった。幸いこの時間も周囲には誰もいなかった。奴が携帯端末から顔を上げると同時に、バッグから取り出して背中に隠していた包丁を下腹部に振り下ろす。くぐもった呻き声と共に携帯端末を取り落とすと、それが邪魔になって狙いにくかった首筋を切り裂く。声にならない悲鳴を聞きながら、包丁を順手に持ち替えて肋骨(ろっこつ)の隙間に刺し入れる。

完全に息の根を止めたわけではなかったが、両方の肺に穴を開けた感触があり、奴の腕からもすっかり力が失われて口から血の泡を噴き出すだけになったので、私はさっさと病室を後にした。すれ違う人々が悲鳴を上げたが、包丁を持った血まみれの私を止めようとする者はいない。特に慌てるでもなく最上階まで行くと、廊下の窓の前に立つ。七階から見える眼下の風景は確実な死を予感させた。

大きく開かない造りになっている窓を、バッグから出した金槌で割る。ガラスの破片で手を切るが、構うことはない。何度も金槌を振り下ろし、残ったガラスを取り除く。窓枠に足をかけて、深呼吸した。躊躇（ちゅうちょ）する理由はないはずだった。上手く行けばこの不毛なループから解放される。もしまた自分の部屋で目覚めることになっても、状況が悪化するわけではない。少なくとも逃げられないということははっきりする。だがもし、三番目の可能性が正しかったら？　ループは続いているのに自分がそれを認識できなくなるだけだとしたら？　それでも構わない。ループの記憶を失くした私も、必ず娘の仇を討ちにここに来てくれるはずだから。

だが風になびく前髪を払いながら、私はもう片方の手がしっかりと窓枠を摑んで離す気配がないのを意識する。足が震えているのは窓枠の上にしゃがんでいるのが疲れたからではないことも認めざるをえない。私は単に、飛ぶことを怖がっている。ここから身を投げるのが恐ろしくて仕方ない。

なんという体たらくだろう。これだけ何度も殺人を犯しておきながら、今更自分が死ぬのは怖いなんて。思えば私は、奴を殺した後は刑務所での暮らしを淡々と受け入れる気でいたが、やりとげたら自殺するという道を真剣に検討したことはなかった。私にはもう何も残っていないというのに、それでも尚自らの死を恐れるとは。或いはそれは、娘の死を目の当たりにしたあのとき、死というものの本質——残酷で無慈悲で無意味なもの——を知ってしまったからかもしれない。

逡巡（しゅんじゅん）しているうちに辺りに人だかりができていた。誰かが強引に飛び降りを止めようと跳びかかってくることがないよう、私は包丁を向けて彼らを威嚇した。

自分を奮い立たせるため、全てを終わりにできる可能性を改めて信じようとする。私はこの不毛な日々から解放され、タクシードライバーや他の「周回者」たちには明日が来る。

そして何より、あのケダモノももう蘇ることはない。殺しても殺しても蘇る奴の死を確定させろ！　ここから飛び降りるのは、刃を奴の心臓に振り下ろすのと同義だ！

私は窓枠から手を離し、空中に身を躍らせた。

——そして目を覚まし、全てが徒労だったと悟った。

「十四周目」の始まりだった。私は覚悟を新たにした。

病院へ向かうと、「十三周目」と同じように彼が待っていた。私が近づいていくと神妙な顔で頭を下げる。

「思い切って飛んでみたんですが、何も変わらなかったみたいですね」

「すいません。大変な思いをしてもらって」

「いえ、いつかは試さざるをえなかったでしょう。けどこれで手詰まりですね。まあ色々な死に方を試してみることもできますが、たぶん……」

「ええ、この現象は終わらないんでしょうね……」

ひどく落ち込んだ様子の彼を見て、私は初めて自分がそれほど落胆していないことを自覚した。時間の牢獄に囚われ、永遠に脱出できないかもしれないのに、私は恐慌を来たすこともなく、淡々と用意をしてまたここへ足を運んだ。

まだこの状況の恐ろしさをしっかり実感できていないのだろうか。いや、私が平静でいられるのは、これ以上の絶望を知っているからだ。親が我が子をあんな形で奪われること以上の悲嘆がこの世にあるだろうか？　一日の繰り返しなど、それに比べればちょっとした喜劇のようなものだ。取り分け自分がすべきことがはっきりしていれば、そこには恐怖も絶望もない。

「……これからもここに来るんですか？」

彼が遠慮がちに訊いてきた。私は微笑んで答える。

「ええ。不毛な繰り返しかもしれないと思い始めてましたが、そうじゃないことがわかりましたから」

そして「二十七周目」、待ちに待ったその時が訪れた。

病室に踏み込んだ瞬間、いつもと様子が違うのがわかった。この時間ちょうど目覚めたばかりのはずの奴が上体を起こしている。近づいていくと驚いたようにこちらを素早く見て、絶叫した。

「うわあああ！　来んなババア！　来んじゃねえ！」

ついにこの日が来た。私は汚い言葉を吐かれたことは気にもせず、自然と笑顔になった。奴の記憶が残っている。奴にとっての「二周目」が始まったのだ。

近頃は病院で見かける患者や職員の数が減っていた。朝のテレビでは連日、新しいニュースが報道される。何人かのニュースキャスターやアナウンサーを見かけなくなった。既に多くの人がループに気づき始めているようだ。奴がループを認識するのも時間の問題だと思っていた。

私は足を止め、両手を突き出して喚（わめ）く男を見下ろす。すぐに終わらせてしまっては勿体（もったい）ない。まずは夢で自分を殺した女が現実に現れるという恐怖を存分に味わってもらおう。「二周目」というのは大方そんなふうに感じられるはずだ。

「やめろ！　こんなことしてただで済むと思ってんのか！　すぐに仲間が来てテめえを――」

今まで私がいる間に、男の言う仲間が見舞いに来たことは一度もなかった。この男の得意な出まかせだ。

必死の形相の奴に、鉈(なた)を突きつける。冷静さが少しでも残っていれば、悪夢で見たのとは凶器が違うことを思い出せるはずだ。包丁で数回刺されて抵抗できなくなった後、腹を開かれて自分の内臓を顔に塗りたくられた記憶が残っているはずだから。

怯えた顔から目を逸らさずに、私は武器を振り上げる。きっとこの男は夢にも思わなかっただろう。自分が殺した少女の母親が、ただの非力な中年女が、いつか直接自分を殺しにやって来るなどと。

振り下ろした鉈は、頭をかばった掌(てのひら)を小指側から断ち、真ん中辺りまで食い込む。耳をつんざく悲鳴を無視して、容赦なくその手を摑んで引き寄せる。

奴が起き出す時間を把握するため、私は毎日十五分ここに来る時間をずらしていた。その結果、奴が起きるのは午前十時過ぎだということがわかった。見舞客を装って看護師から聞き出した情報によると、入院患者の規則として決まっている起床時間にも起きてこないそうだ。

これからは毎日起きる度に、自分を殺すために訪れた私と対面することになる。眠気も吹き飛ぶことだろう。

だが或いは、ループの「始点」の時刻——私が眠っている深夜に、この男が目を覚ましている可能性もある。そうなれば私が来る前にここから逃げ出そうと足掻くだろう。片脚が折れた状態でも、数時間あれば病院を抜け出て遠くまで逃げることは不可能ではないはずだ。或いは片脚で反撃するための方法を考えるのかもしれない。

鬼ごっこに付き合わされるか、待ち構えられて必死の抵抗を受けるか。どちらにせよ殺すのは格段に難しくなる。だがそれもいいだろう。これは私が自分に与えた試練であり、罰なのだから。

私は、あの子に対して許されない罪を犯した。

裁判中に心証を良くするためにか途中で撤回された犯人の供述——被害者との性行為は同意の上であり、薬物の使用も被害者の意思によるもの。

私はあるとき、ほんの一瞬だけ、こう考えてしまった。

百万に一つの可能性でも、それが真実であるということはありえないだろうか？

あまりにも馬鹿げた疑いだった。クズのような男に身を任せることも、麻薬に手を出すことも、あの子に限ってはありえないとわかっていたのに。

あの子が母親を裏切るような子ではないと知っていたのに。

あの子の純粋さ、善良さ、尊い人間性を、ほんの数秒に満たない時間とはいえ、疑ってしまった。あの子の尊厳を汚した嘘の供述に、惑わされてしまった。

あんなにいい子を、たった一秒であっても信じてあげられなかったのは、親として恥ずべき罪だ。

だが償う時間はたっぷりある。

「すいません！　許してください！　すいません！」

「あの子はやめてと言わなかった？」

半分切断した掌を引っ張って、二の腕に切り付ける。骨に食い込む刃を絶叫と同時に素早く引き抜く。

明日が訪れない世界は地獄そのものになるだろう。だが私にとっては、とうに世界は地獄だった。永遠に苦痛に苛(さいな)まれる地獄の住人。そこに娘の仇が堕(お)ちてきた。これからの私は地獄の囚人であると同時に獄吏でもある。

無間地獄でいつまでもやるべきことがある私は、この新世界においては幸福な人間とさえ言えるかもしれない。

「覚悟しなさい。この償いからは逃がさない」

あの子の直接の死因は溺死だった。川に捨てられたときまだ息があったあの子の苦しみを、いつかこの男に思い知らせる。ちょうど最近、アメリカ政府がテロリスト相手に用いていたという水責めのやり方を知ったので、それを試すつもりだ。

しばらくすれば、この病院に勤める人間もほとんどループするようになるだろう。そうすれば私がゆっくりこの男を拷問しても、誰も止める者はいなくなるだろう。世界が混乱に包まれている最中に、こんなクズを救いに現れる者がいるとは思えない。

今にして思えば、確実に殺すことを優先したとはいえ、刃物による刺殺などという手段を選ぶべきではなかった。あんな程度の苦痛では、私があの子を産んだときの、出産の痛みにすら及ばない。あの子の無念を晴らすには、あんな楽な死を与えてはいけなかった。奴の罪に相応(ふさわ)しいだけの死はどんなものか、これからじっくり試していくことにしよう。

償うことも、罰することも気の済むまで——これは私の望んだ地獄だ。

そんなことを考えながら鉈で適当に切り付けていると、既に奴は虫の息になっていた。先はどれだけ長いかわからない。今日のところはもう終わりにしよう。

第二話　ナイト・ウォッチ

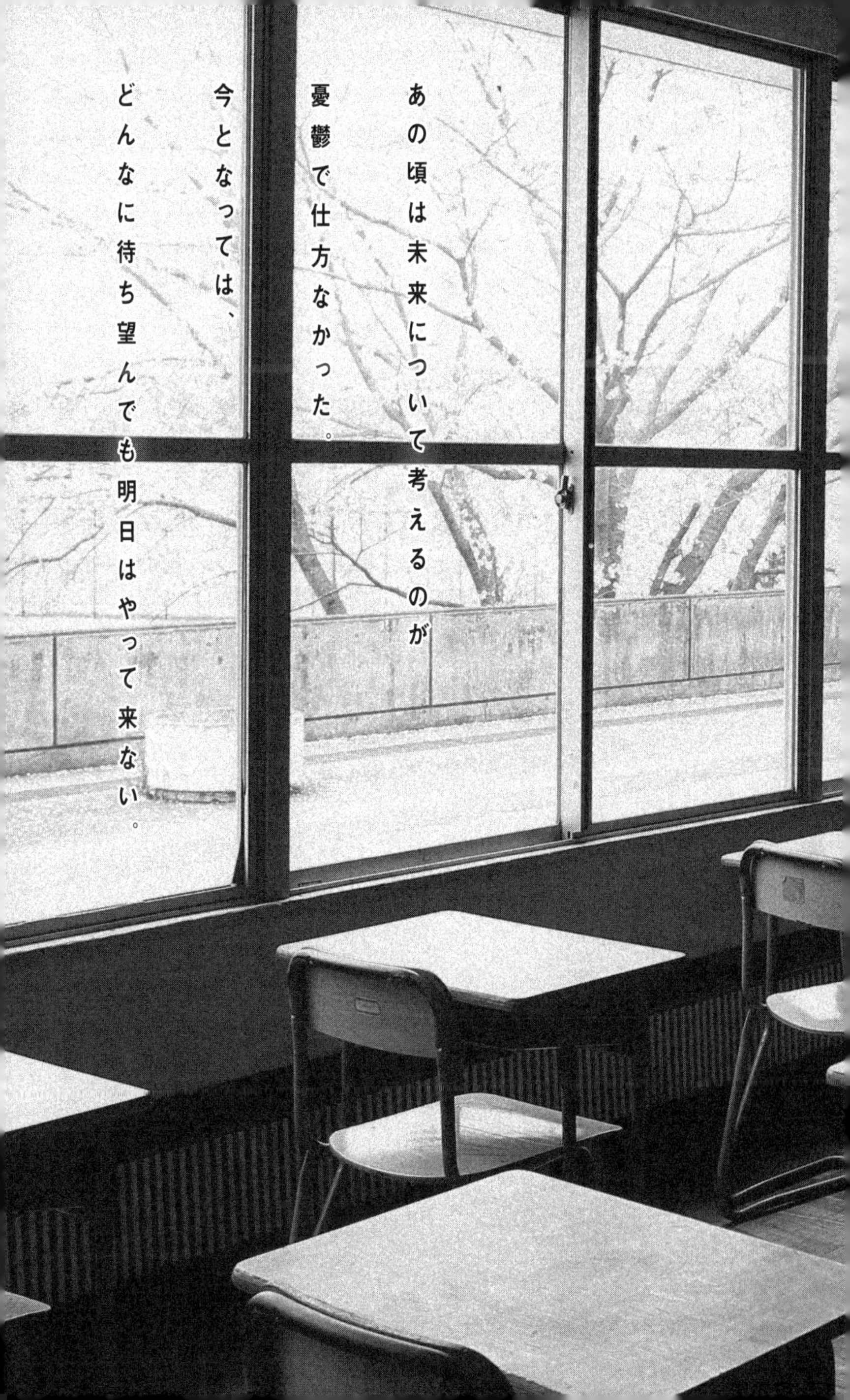
あの頃は未来について考えるのが
憂鬱で仕方なかった。
今となっては、
どんなに待ち望んでも明日はやって来ない。

いつもどおり夜明け前に目が覚めたあたしは、身体のダルさとまだ現実感のない意識に引っ張られるように、また目を閉じて心地よい二度寝に落ちていき……いや落ちちゃダメだ！　起きろあたし！　睡魔をぶっ飛ばすような奇声を発しながら！　上半身を無理やり起こす！　きえぇぇぇぇぇあぁぁぃ！　今日は剣道の試合中のかけ声を意識して自分を奮い立たせてみた。剣道なんてやったこともなければろくに試合を見たことすらないけど。

朝からこんな奇行に走りたくないけど、こうして大声でも上げないと眠気に打ち勝ってベッドから出られそうもない。もっとも起き抜けだから出そうと思ってもそれほど大声は出なかったけれど、向かいの部屋のお母さんとお父さんが飛び起きるには十分な音量だったはず。でもまあ世の中がこんなことになっちゃったことだし、あの人たちだって早く起きるに越したことはないだろう。あたしのように、眠っていては自分の身を守れないという強迫観念を持っているわけではないとしても。

早起きして一日が長く使えるのは得だと初めの頃は思っていたが、日の出までの時間はすぐに退屈と眠気との戦いでしかなくなった。この両方を吹き飛ばすためには、武装して暴漢を警戒しながら外を歩くのが効果的かもしれないが、その危険を犯すくらいならそもそも家で寝ていた方がまだ安全だろう。

スウェットからホットパンツに穿(は)き替えて、一階のキッチンに下りてペティナイフをポケットにしまう。玄関横の棚から工具箱を取り出して、本来の用途で手にしたことは一度もない金槌(かなづち)とレンチを取り出す。護身用の防犯スプレーというやつ、あれを元々持っていなかったのが悔やまれる。

「あたしみたいなかわいい女子高生は、普段から持っとくべきだったんだよな」

空が明るくなる前に起きて一人で過ごすようになってから独り言が多くなった気がする。

自室に戻ろうとすると、階段でお母さんとすれ違った。お母さんは眠そうな顔で、ポケットから覗(のぞ)くナイフの柄と両手の工具を見て眉(まゆ)をひそめたが、それには触れずにおはようと挨拶(あいさつ)しただけだった。お母さんはあたしが毎朝自衛のために武器を準備するのをよく思っていない。お父さんも武器を持つ人間は流言飛語に惑わされて不安を煽(あお)られているのだと言う。甘い人たちだ。少なくともあたしと同じ花の女子高生たちの多くは武装するのが当たり前になっているというのに。

部屋に置いてある通学鞄(かばん)の内ポケットに工具を放り込み、上のスウェットを脱いで制服に着替える。下にホットパンツを穿いていることを除けばいつもの通学スタイルだ。世界が変わってしまってもあたしたちはみんなで同じ制服を着ている。これも武装の一種なのだと思う。団結して敵と戦う決意を周りに見せつけるため、あたしたちはあえて制服を身にまとう。

それが変質者の標的になりかねないとしても。

眠気覚ましに冷水で洗顔した後はメイクというもう一つの武装もばっちり決めていたのだが、段々それを無意味だと感じるようになり、ついに今日からは顔面非武装で一日を戦おうと決めていた。久しぶりのノーメイク登校はやや心細いが、鏡を見ると――うん、すっぴん千夏(ちか)ちゃん、十分かわいい！　これは無法地帯になっている外を安全には歩けそうもない。参るね。

用意が出来たから迎えが来るまで時間を潰(つぶ)さなくてはならない。退屈しのぎに小学校の卒業アルバムを引っ張り出してみた。将来何になりたいかをみんながそれぞれ三つずつ書いたページがあった。自分のを見ると、お嫁さん、セレブ、首相。

「うわぁ、つまんねー。小学生が書いたにしても寒すぎ」

中学のときの進路希望調査には、確か専業主婦、公務員と書いたはずだ。真剣に考えていないという点では小学生のときと変わらなかった。空白で提出すれば突き返されるのだから、将来やりたいこともなりたいものも別に思いつかなかったあたしには他に書きようがなかった。

進路調査で何を書こうと、みんな高校へ進学するというのは変わらなかった。けれど高校生になると、もう将来のことを何も考えないではいられなかった。周りはほとんどが進学するし、あたしだって学力的にはそれなりに選択肢があったが、大学へ行くならそれから先のことも少しは考えた上で決めるべきだろう。けれどあたしには、その先というやつがまるで思い浮かばなかった。

あの頃は未来について考えるのが憂鬱(ゆううつ)で仕方なかった。高校生活がずっと続いてくれればいいのにと、そんなバカなことを考えていた。

今となっては、どんなに待ち望んでも明日はやって来ない。


いつもの時間に電話が鳴って、すぐ切れた。窓から覗くとマイセンが自転車にまたがっていた。あたしは鞄を持って外に出た。

「おはよ。連絡ありがと」

マイセンがいつものようにみんなをモーニング・コールで起こしてくれたのは、何人かのSNSを見て確認していた。

「いいさ。これも『ナイト・ウォッチ』の務めだからな」

マイセンは少し空想癖があるというか、オタクでちょっとイタいところのある奴だし、痩(や)せてひょろっとした体格はちょっと、いや全く頼りがいがない。それでもマイセン流に言うところの夜を見張る者(ナイト・ウォッチ)が味方にいることの恩恵は計り知れない。大層な呼び方だが、単にたまたまこの日夜更かししていた人たちのことなのだから恥ずかしくなる。「徹夜組」とでも呼んでおけばいいものをナイト・ウォッチとは……大体この男は筆記用具をドイツ製で揃えていたり、アウトドア趣味もないくせにクロノグラフの腕時計をはめていたり、壊れてもがぶ飲みしても元どおりになるからと高級なティーカップや紅茶を持ち込んでみたりと、いちいちかっこつけ野郎なのだ。

けど悪い奴でないのは確かだ。それに何と言ってもある一点で信用できる。

マイセンはあたしよりも周回者になったのが遅いのだ。

被害妄想と言われようが、あたしは自分より先にルーパーになっていた男は誰も信用することができない。

「何かおもしろいニュースあった？」

物置から自転車を出しながら聞く。マイセンは毎朝この時間に迎えに来るまでは、ネットで世界中のニュースを漁っている。

「別におもしろくはないが、例のアイドル暴行未遂事件の犯人が、ついにファンたちに許されたらしい」

「ファンが何人か集まって、毎朝殺しに行ってたやつ？」

その話なら聞いたことがあった。あたしたちよりずっと早くルーパーになっていたとある男が、その男の主観で四周目に欲望を爆発させ、自分がファンだったアイドルを襲おうと、彼女の自宅（そもそもなんで住所を知っている？　怖っ！）に押し入った。だがアイドルの方はちょうどその数周前からルーパーになっていて、テレビで見せる天真爛漫な姿とは裏腹に頭の切れる女だった彼女はそういう輩への対策もばっちり検討済みだった。踊りの振り付けを練習するように鏡の前で何度も試した催涙スプレーからのブラックジャック――重ねた靴下に硬貨を入れて作った鈍器――振り下ろしコンボが見事に、一階の窓を破って侵入し二階の彼女の部屋へ踏み込んできた男を悶絶させた。その後動かなくなるまで男の身体を蹴り、踏み続ける――ということはアイドルの世間体もあってかできなかったらしいが、とにかく彼女は完璧な立ち回りで自分の身を守り、男の犯罪は未遂に終わった。ところがこの事件が世間に知れると、ファンの中にはこの男が再び凶行に走ることがないよう、そして自らの罪を思い知るよう、一日の始まりに男を拘束するべきだと考える者が出始めた。すぐに三人――うち一人はナイト・ウォッチ――が名乗りを上げ、次の日可能な限り早い時間に男の住むアパートに殴り込んだ。

三人がネットで語った証言はこうだ。寝込みを襲われた男がパニックになりながらも暴れ回り、予想外の抵抗にあって命の危険さえ感じた三人はつい加減を忘れてやりすぎてしまい、男が命を落とす結果になった。とはいえ次の日もその次の日も、男がアイドルにとって潜在的な危険であることは確かだから、自分たちは次の朝もその次の朝も男を無力化するために動くだろう――。そして彼らはそれを実行し続けた。

「いや、殺したのは最初の日だけで、次の日からは拘束して放置するだけだったらしい。まあしかし縛られたまま何もできずに一日を終えるのも、殺されて一日を終えるのも、この世界じゃそれほど変わらない気もするが」

「そりゃ殺され方にもよるでしょ」

あたしは声のボリュームを上げる。早朝の住宅街では迷惑かもしれないが、二人ともけっこうな速度で自転車を走らせているから声を少し張らないと互いに聞こえないのだ。

「まあな。解放されたのは、百日近く拘束され続けた暴行未遂犯が泣いて許しを請い続けたからだと。ファンの奴らは、もしまたその子に手を出そうとしたら、毎日徹底的に痛めつけてからお前を殺してやるって釘を刺したそうだ」

　ファンの三人の中にナイト・ウォッチがいる以上、暴行未遂犯にそれを防ぐ術はない。そいつが何か仕出かそうものなら、翌朝目覚めたときには拷問者の手に落ちていることになる。

「うわー、なぶり殺しは勘弁だわ。でも男ってやつはそれでもやりかねないんだよなー。ケダモノだもの」

「男を一括りに語らないでくれ。少なくとも俺はそんなことしない」

「まあマイセンがそーゆーことしてるの、確かに想像つかないわ」

「それどういう意味だ」

「別にそのままの意味だけど。だから一緒に登校できるんじゃん」

　マイセンは黙ってしまった。あたしはどちらかというと褒め言葉のつもりだったのだが、もしかしたらマイセンは単に童貞っぽいと言われたように曲解してしまったのかもしれない。

食料調達に無人のコンビニに寄る。心配性なマイセンが先に入って暴漢が潜んでいないか確認する。ざっと店内を見回ったマイセンが腕で頭上に大きく丸を作ったのを見てからあたしも入店する。この店にも目ぼしい商品でまだ手を出していないものがほとんどなくなってしまった。朝昼夕に夜食分と取っていったら当然だが、既にコンビニ飯に飽きつつあることを考えると先が思いやられる。片付ける必要がないのだし、調理実習室で料理でもしようか。勝手にレジの中に入って、商品を袋につめる。意味がないので代金は払わない。マイセンも初日こそ戸惑っていたものの、今では平気で高めのデザートなんかを取っていく。

校門に着くと、今日も既に玄関内にバリケードが築かれているのが見える。毎朝本当にご苦労様だ。早朝から少人数で学校を守ってくれている一部の男子生徒やその他の人たちにはただただ頭が下がる。同時にそんな忠実な騎士たちを彼氏に持つ女子たちが、正直うらやましくもなる。それは決して口にしないけれど。

あたしもマイセンも、念のため両手を上げて玄関に近づく。あたしの主観で四十三周前から、それより前――何もわからないあたしを友達が半ば強引に連れてきてくれていたらしい期間――も含めるとおよそ六十周前からあたしは学校に立てこもっているわけだけど、窓からの見張りに最近ルーパーになったばかりのメンバーが間違えて配置されていたりなんかした日には、頭の上に椅子やら机やらを落とされないとも限らない。あたしたちがとても襲撃者に見えない外見で、遠目に見てわかるような武器を持っていなくても、ループを認識して間もない、新しい世界の仕組みを知ったばかりの奴というのは、恐怖と混乱で何をやらかすかわかったものじゃないのだ。

いつもの教室に入ると、割と学校の近くに住んでいるワコとフミがもう来ていた。それに毎朝早く来て、机の半分くらいをバリケード用に運び出してくれている男子たちが六人。みんなこの教室のクラスの一員だ。別にどこの教室を使ったって構わなかったはずだが、みんな当然のように自分が元々いたクラスの教室に集まるようになっていた。

あたしは挨拶して、机がなくなった空間の床に座り込むワコとフミの前に腰を下ろした。埃(ほこり)が服に付こうが構うことはない。一日が終わればどうせ全てきれいになる。

「千夏、待ってたんだよー。ワコがおもしろい話を聞いたんだって」

見ると確かにワコは落ち着かない様子だ。なんだか彼女のこんな表情を久々に見た気がする。いや、何もワコに限ったことじゃない。毎日が同じ一日の繰り返しでは誰でも倦怠(りんたい)感にまみれてくるし、当然顔にもそれが表れる。

「そうそう、マジですっごい話なの。これ聞いたら眠気もぶっ飛ぶよ」

ワコはなぜか辺りを見回し、今更声を潜めて言った。

「魔女の噂、聞いたことない？」

要約すると、こういうものらしい。

世界が変わる五、六年前に、ある十六歳の少年が女子中学生を暴行して死なせた。犯人に極刑が下ることはないとわかっていた被害者の母親は、直接復讐の手を下す機会を窺っていた。

シャバに出た犯人が交通事故で入院して自由に身動きできなくなったことを突き止めると、ついに復讐を決行した。病室に入り、憎き犯人をメッタ刺しにして娘の仇を取った。

逮捕されて警察署で一夜を明かした後、彼女が目覚めたのは自宅のベッドだった。それが彼女のループの始まりだった。

「そんな偶然あると思う？」

あたしはすぐには返事をせずに、よく考えてみた。ある人間が復讐を決行したちょうどその日に世界がループしていることに気づいた。まず、それはいつの出来事か？

「それって、何周前の話なの？」

「ネットで見つけた記事だと、約二百周前だって。めちゃくちゃ前からループーってこと」

「でも世界で最初にループに気づいたって人は、確かあたしより二百周以上前だから、二百四十周くらい前からループーって話だったような」

「そんなのちゃんと覚えてるのか怪しいって。もし本当はその女が世界最初のループーだったら、どういうことになると思う？」

　少し考えてみて思いついたのは、呆れてしまうような突飛な考えだった。

「まさかその人がループの原因だってわけ？　そんなことあるわけ……」

「だってさ、たまたま子供の仇を討ったその日にループに気づいて、しかもそれが他の人にもどんどん広がっていってさ、仇の男までルーパーになったんだよ。つまりさ、一度殺しただけじゃ足りないような憎い相手を、何度でも殺せるようになったんだよ」

「……ってことは」

「そう、この人は毎日目覚めると病院に向かって、怪我で逃げ出せない男を色んなやり方で痛めつけて殺してるんだって。ガソリンをかけて火をつけたり、指を切り落としたり、ホームセンターに寄ってドリルを取って来て――」

「その話、ご飯前にするのやめない？」

　フミがげんなりした顔で言った。あたしも頷く。

「マイセンにしてやんなよ。そういう話好きそうだから」

「仕方ないなあ。ご飯食べたら続き聞いてよ」

　するとワコは本当にマイセンの方に駆け寄っていってしまう。男子たちは車座になって朝ごはんを食べていた。体育会系の陽気な男子が多い中で、体育会系の要素を一つも持たないマイセンは未だに少し居心地が悪そうに見える。いや、猫背なのはいつものことだし、顔色が悪いのは徹夜したせいかもしれないから、まあつまりあれがマイセンの平常な状態なだけかもしれない。心なしかあの輪の中での口数も増えたような気もするし。

「ねえマイセン、ちょっと聞いてよ」

ワコがマイセンの頭上から肩を摑(つか)んで揺さぶる。

「どうした?」

「魔女の噂って、聞いたことない?」

「それなら知ってる。娘の仇を毎日殺し続けてる人だろ」

「そうそう、マイセンはどう思う? その人がループの原因だって話」

「どうかな……いくらなんでもこんな、世界中を巻き込む現象が一人の人間の情念から生まれたなんてことがあるのかな」

「でもさあ、話聞いてると普通の恨みじゃないよ、あれは。魔女なんて呼ばれるのも納得っていうか。殺し方がさ、もうホームセンターで手に入るものは一通り試したんじゃないかってくらいで……」

血なまぐさい話に発展しそうになると、フミがあたしを見て耳をふさぎながら大げさに顔をしかめた。ワコの声がでかいせいで男子たちの方に追い払った意味が全くなかった。

「うえー、聞きたくないー。ちょっと他のとこで食べてこようよ」

日替わりの殺人メニューの話が聞こえてくる教室で食べたくないのはあたしも同感だったので、二人でそそくさと別の教室へ移動した。今では安全と仲間との一体感を求めて登校してくる生徒やその他の市民は二百を軽く超えていると思うが、無人の教室は探せばいくつかある。フミが入っていったのは一つ上の階の教室だった。

「実際さ、マイセンとはどーなの」

まだ一口も食べてないうちからフミは聞いてきた。どうやらこの話がしたくて無人の教室へ移ったらしい。

「どーって何さ」

「毎日一緒に登校してるじゃん。何かこう、いい雰囲気になったりは」

「ないない。あたしがイケメン好きなの知ってるっしょ」

「えー、マイセンよく見るとそんなに悪くないと思うけどなあ」

「じゃあフミが狙ってみれば」

「いやー、それは駄目だよ。だってさあ……」

口元にいやらしい笑みを浮かべながら、こっちを見てくるフミに困惑したあたしは、睨み返して先を促した。

「何よ」

「マイセンってさ、たまたま『昨日』夜更かししてたせいでナイト・ウォッチになれたんでしょ」

「そうらしいけど」

「ってことはさ、毎日徹夜状態でみんなに連絡して、学校来てるわけだよね」

おそらく仮眠も取ってはいないだろう。ループの「始点」である午前三時十一分から一旦仮眠を取って、「連絡網」を回す午前五時前に起きるのはかえって辛そうだ。

「すっごく眠いと思うんだ。ちょっと前まで仮眠も取らずに一日過ごしてたし」

ループの「終点」は午前三時三十二分。寝不足の状態から始めて二十四時間二十一分ずっと起きていたことになる。

「なのに毎日、近所の千夏の家まで迎えにくるんでしょ。一人で登校するのは危険だからって。それってナイトじゃん。夜じゃなくて騎士の方の」

悪戯っぽく笑うフミから目を逸らしてしまう。ちょっと前まで伏し目がちの大人しい子だと思っていたのに、いつの間にあたしをからかうようになっている。ループが起きなければ、違うグループに属している彼女と親しくなるような機会もなかっただろう。マイセンとは尚更だ。

「頼りない騎士だなあ。あたしもお姫様って柄じゃないし」

そもそも男に守られるか弱い女の子なんて立場は望んでいない。だが毎日この学校まで来ている今のあたしが、バリケードを築いた男子たちに守ってもらっている立場だということも確かだ。

「早く終わってくんないかなあ、このループ」

「そういえばワコちゃんがさっきしてた話――」

「ああ、魔女の」

「もしも本当にその人がループの発生源だとしたら」

「さすがにそれはないいんじゃない？」

マイセンの意見にあたしも賛成だ。ひとりの人間にこんな大それたことができてたまるか。

「でももしそうだとしたらさ、ループを終わらせる鍵もその魔女が握っているのかも」

マイセンの妄想癖が伝染ったんじゃないの？　そうからかおうとしてやめた。こんな藁のような希望にだってすがりたいのはフミだけじゃない。まともな人間なら誰もがこのループを終わらせたいと思うはずだ。

「フミはループが終わったら何がしたい？」

「とりあえず卒業して、大学へ行きたい」

「大学？」

特に意味のない問いかけに意外な答えが返ってきた。この状況から脱してまず考えるのが進路のこととは。さすが優等生だ。

「うち、親が厳しくてさ。志望校合格したら一人暮らしできるから、待ち遠しいんだよね」

「ああ、そういうこと」

「ここに来るのも反対されたんだけど、朝こっそり抜け出して」

「まあその方がいいと思うよ。家にいたって安全とは限らないんだし」

家に押し入ってきた男に強姦されそうになった話は、何も今朝マイセンと話していたアイドルに限ったことではない。同じように暴漢を撃退した武勇伝は、犯罪者情報まとめサイトに毎日のように載っている。彼女たちがそれを語れるのは、強姦が未遂に終わったからだ。未遂で済まなかった人たち、声を上げられない人たちはたぶんその何十倍もいる。

「登校中にヤバい奴に襲われる可能性もあるけどさ、そういう奴は、何をしても記憶が消えるステイヤーをターゲットにしたがるだろうし」

そういえば今日もエリコから連絡はない。ということはおそらく――。

「でもあたしね、不謹慎だけど、この状況が少し楽しくなることもあるの」

フミが照れくさそうに言った。

「みんなで学校に深夜まで一緒にいるなんて、こんなことが起きなかったらやらないでしょ？」

「まあうちは学校祭の準備も泊まり込み禁止だしね。でも毎日深夜三時半までじゃなあ。あたしなんか既に飽きてるんだけど」

「本当の明日が来たら、千夏はどうする？」

「普通だよ。同じように学校行って、卒業する。その後は、考えてない」

それは今考えても仕方ない気もするし、むしろ今のうちに考えておかなければいけない気もする。

「卒業ね。じゃあその後マイセンと……？」

「はいはい、そんなに悪くない顔のマイセンね。さーて、もうグロい話も終わってそうだからそろそろ戻ろうか」

立ち上がってフミを促す。なんだか露骨に話をはぐらかしたと勘違いされそうだが、あたしは教室にひとり残してきたワコが気がかりになってきたのだった。「自警団」の男子たちを信用はしているが、男だらけの空間に女の子を長い間一人で置いていたら、何が起きても不思議ではない。マイセンが仮眠を取るのに教室を離れる予定だったから尚更だ。


女子が二人新しく来ていて、ワコと三人で話していたが、男子は半分以上が教室から消えていた。

「随分減ったね」

「今日は護身術訓練の日だって」

二人の彼氏は「自警団」の一員だ。交代でパトロールに出たり、希望者を家まで迎えに行って学校に連れてきたりする。まあ体育館での訓練がどれだけ真剣に行われているかは怪しいが、それでも彼氏の努力を無駄にしないためには彼女たちがもっと早い時間に登校するようにしなくてはいけないのだが、最近ではすっかり危機感が足りなくなってしまったのか、平気で昼過ぎに来たりする。

そもそも慎重を期すなら、モーニング・コールではなく「ナイト・コール」で午前三時十一分から順次起こしてもらい、犯罪者のナイト・ウォッチが活動を始める前に集団で登校するべきなのだ。それをしないのは、真っ暗な時間帯での移動が危険だったり、そもそもそういう時間こそ犯罪者が外をうろついているのではないかと予想されるからというのもあるけど、一番の理由は単にそんな時間に叩き起こされたくないからということに尽きる。結局のところ、日が昇る前に悪いナイト・ウォッチが家に侵入してきてレイプされるなんて本気で不安になっている生徒はほとんどいないということだ。

早朝のモーニング・コールで起こされるのだって辛くないわけではないが、みんな家で過ごすのは不安だし、退屈なのだ。学校に立てこもっている分には友達とも会えるし、非日常感も味わえる。早朝から起きていればその分一日を長く使うこともできる。

「ねーねー、今日のあたしらのメイク何点？」

「四十点。リップ濃すぎでしょ。ぬらぬら濡れててなんか内臓みたいじゃん」

この二人が最近凝っているのは、毎日違うタイプのメイクで登校してきてどれが受けるか研究するというものだ。中には明らかにネタとしてやっているメイクもあるので、こちらとしても忌憚なく辛口の点数をつけられる。

「ひっど！　キスしたくなる唇って書いてたの買ってきたのにー」

この場合の買ってくるというのは、無人のコンビニやドラッグストアから勝手に拝借してくるという意味だ。

「いやー、あたしなら内臓にキスしたいとは思わないわー」

「ひどすぎー。すっぴん女に馬鹿にされたー」

「あたしはすっぴんでもイケてるから」

「さっきはマイセンにも『血を吸った後の吸血鬼みたい』って言われたし、やっぱこのメイクダメかなー」

「ああいう女慣れしてなそうな男って、大抵濃いメイク嫌がるよね。今仮眠中？」

「うん、四時になったら戻るって言ってた」

最初の頃は一睡もせずに三時三十二分まで起きていたマイセンだが、段々記憶力や判断力が低下してきている気がするとのことで、この頃は昼食後に仮眠を取ることにしていた。初めは三十分程度の短い仮眠だったのが、今ではすっかり学校のみんなを信用しているらしく、三、四時間くらいのまとまった睡眠を取るようになった。

「時間になっても起きなかったら、千夏がキスして起こしに行くって言っといたよ」

「バカ。あたしは王子様かよ」

「でもさー、男嫌いの千夏が一緒に登校してくるってことは、マイセンのことは嫌いじゃないってことじゃない？」

「あんなナヨナヨした男でも一人よりはマシってだけだって。ってか別にあたし男嫌いってわけじゃないし。あたしたちが学校に立てこもんなきゃいけない元凶の、クソ男どもが許せないだけ」

「最近じゃルーパーレイパーなんて呼ぶんだってよ」

残っていた男子の一人が会話に割り込んできた。クソが。不快な言葉を口に出すんじゃねえよ。

ルーパーの犯罪者の中で最も多い連続強姦犯のことをそう呼ぶ奴らが増えている。あたしはその呼び名が嫌いだ。非道で卑劣な所業と、ポップな語感が全く合っていない。

「何がルーパーレイパーだっつーの。ピンクの両生類みたいな名前で呼びやがって。ゲス野郎はゲス野郎らしく、イカレチンポ野郎とか呼べばいいんだって」

男子全員がぎょっとした目でこっちを見た。美少女が汚い言葉を使っちゃ悪いかよ。

「あははっ……千夏こええなあ」

男子生徒が引きつって乾いた笑いを見せる。

「さて、俺もちょっと訓練行ってこようかな。イカレチンポ野郎どもと戦えるように」

立派な心掛けだと言いたいところだが、そそくさと連れ立って教室を出ていく男子たちの態度を見るに、あたしが自分で思っている以上に鬼のような顔で怒気を発散していたのかもしれない。

「あたしたち、ちょっと体育館行って訓練見てくるね」

　女子二人も教室を出てしまった。苦笑したワコがあたしをなだめる。

「まあ悪い男たちもいればいい人もいるよね……千夏だってマイセンがいい人なのは認めるでしょ」

「まあそうかもしれないけど……でもあたしがマイセンと登校するのは、別に信じてるからとかじゃなくて、あたしもルーパーだから立場上手出しできないはずだってだけだし。それにあいつがルーパーになったのはあたしよりも後だったでしょ。だから安心できるってだけ。少なくとも……あたしがステイヤーだった頃に、あたしに何かしたってことはないはずだから」

　歯切れ悪く呟くとあたしもワコも俯いてしまう。彼女もあたしと同じことを思い出しているのがわかった。

「そういえばエリコ、まだループ始まらないんだね」

「うん、もし始まったら連絡くれるようにエリコの親に伝言してるんだけど、今日も連絡なかった」

　ループを認識できないエリコに今の世界のことを信じてもらうのは、もう十周前に諦めていた。あたしの口から説明しても、マイセンから説明しても、とうにルーパーになっている彼女の両親が説得を試みても、テレビで繰り返し流れるニュース映像を見せても無駄だったから。話を聞いた彼女はまずたちの悪い冗談だと怒り、留まる者向けに有志がネット配信しているループ解説動画を見せられると自分はひどい悪夢を見ているのだと思い込み、ベッドに潜り込んだ。これは紛れもない現実なのだと言い聞かせても無駄だった。

けれど部屋にこもっていてくれる分には、出歩かれるよりはずっと安全だった。二十周ほど前に起きたような事件に巻き込まれる確率はぐっと下がる。

「うちのクラスで最後の一人かな。でもわたしもルーパーになる前は、世界中で今日がループしてますなんて言われてもなかなか信じられなかったなあ」

エリコの事情を知らないフミが能天気な声を出す。それに苛立ちを感じるのはお門違いだ。秘密にしようと決めたのはあたしとワコなのだから。しかし事の深刻さを思うと、呑気にエリコの話をされるだけで気持ちがささくれ立つのを止められない。

あの日、エリコが電話する相手にあたしを選んだのは、エリコにとって一番の友達があたしだからなんて理由ではないと思う。たまたまその日、あたしがエリコにループのことを説明していたからではないだろうか。

説得しようとしたあたしとワコを振り切るように家を飛び出したエリコ。あの子があんな目に遭った原因はあたしにもあるのだろうか。あのときあの子を止められていれば。

電話があったのは夜になってからだった。

——着替えを持って来てほしい。

——車に連れ込まれて誘拐された。歩いて帰れるけど、服がボロボロだから。

——親には言わないで来て。知られたくないから。

知らない男たちに襲われた。彼女はそう言った。自分が同じような目に遭ったとき、それをなんて表現できるかと考える。ニュースじゃあるまいし「暴行」されたなんて言わない。レイプされた。犯された。それらはあまりに生々しすぎて、たぶん声に出せない。襲われた。きっとそう言うしかないと思う。

「千夏の言ってたこと、全部本当だったんだね。信じてれば、家から出なかったら……。ねえ、今日があたしの、ループの最初の日だったらどうしよう。明日になっても——」

「大丈夫。こんな日に限ってループが始まるはずないよ。明日になれば、全て忘れてる。記憶も身体も元に戻ってるから——」

あたしたちの望んだとおり、エリコのループは始まらなかった。そして今も始まっていない。

あたしは慰めではなく本心から言った。確かにエリコの身体は汚される前に戻り、被害の記憶も失われた。だが彼女を輪姦（りんかん）した男たちはどうなる？　通りすがりの女の子を車でさらって事が済んだら放り捨てるような連中——まず間違いなく全員がルーパー——は野放しだ。覆面すらしていなかったというそいつらは、おそらくステイヤーを選んで標的にしている。顔を見られても痕跡を残しても、深夜三時半を過ぎれば被害者の記憶も物的証拠も失われる。

飢えた狼たちにとってこれほど格好の獲物は他にいない。

もしこのループが終わって日常が戻ったとして、エリコが街で偶然自分を輪姦した犯人とすれ違っても、彼女は気づくことはないのだ。でも犯人の方は気づいて、自分たちの犯行を思い出してほくそ笑んだりするのかもしれない。そんな光景を思い浮かべると奴らを断崖絶壁の上に並べて一人ずつ蹴落としたくなる。

だがこういう連中よりも更にひどい最底辺の奴は、相手が忘れるのをいいことに知り合いのステイヤーをレイプしようとする奴だ。

なぜそんなことができるのか理解に苦しむが、こういう手合は確かに存在するらしい。最近ではステイヤーの数自体が減ってきているから激減しているものの、あたしがループする前なんかは、ＳＮＳに定期的にその手の話が上がったらしい。

そうした話を目にして、そしてエリコの事件を踏まえた上で、あたしは気づいてしまった。あたしがステイヤーだった頃――早くにループァーになった人なら既に百周以上自由だった期間――の、完全に無防備だった日々。無法地帯に何も知らずに放り出されていたも同然の状態。

あたしがエリコのような目に遭わなかったと、なぜわかる？

およそ六十周前、友達が安全な学校に連れて行ってくれるようになる前、あたしはどんなふうに過ごしていた？　エリコほどではないにせよ、あたしもループのことを説明されると混乱し、すぐには信じなかった（自分にとってのループ二周目に一周目の行動を振り返ってみれば、それ以前の日々の行動も同じようなものだと想像がつく）。取り乱すあたしは傍から見ればステイヤーなのは丸わかりだったろう。そんな状態で物騒な外に出ていたら、獲物を探してうろつく奴らや、或いは――考えたくはないが――あたしを狙う顔なじみの誰かのえじきにならなかったとは限らない。

「秩序が崩壊したり理性のタガが外れると、時に人間は恐ろしいことをするもんだよ。例えば旧ユーゴスラビアの内戦なんかでは、同じ町で一緒に暮らしていた他の民族が急に敵になったわけだが、顔なじみの近所の人を殺した人間が大勢いたらしい。隣人の一家の父と息子を殺し、母と娘を襲ったなんて話もあるとか。発展途上国の話でも大昔の話でもないぞ。西ヨーロッパよりは貧しいとはいえ、東ヨーロッパの一九九〇年代の話だ」

これは以前マイセンが話していたことだ。所詮下半身で生きている男たちの理性など、法で締め付けておかなければ呆気なく吹き飛ぶものなのだろう。

「そういえばこれ何？」

本気で気分が悪くなりそうだったので、話題を変えることにした。さっきまでなかった黒板の大きな文字を指さす。

「鬼子母神」と書かれている。

「あー、これあたしがマイセンに書いてもらったの。キシモジンって何って聞いて」

「それ、昔小学校の図書館にあった手塚治虫の『ブラック・ジャック』に出てきたような……確か自分の子供を育てるために、人の子供を食べるとかそんな話だったような……神話か何かの話だったかな」

フミが言った。あたしも小学校にあった手塚治虫の漫画は読んだことがあるが、『ブラック・ジャック』は未読だった。

「キシモジンの漢字がわからなかったってことは、文字で見たんじゃなくて誰かが話してたのを聞いたってこと？」

名探偵千夏ちゃんの推理。ネットの記事か何かで目にしたなら、読み方はわからなくても漢字がわからないということはない。黒板にデカデカと書いてもらう必要はない。けどワコがラジオで情報を集めているという話は聞いたことがない。

「さすが千夏、鋭い。それがさあ、朝ここに来る途中で、ヤバい奴見かけちゃって」

「ヤバい奴？」

「大声で、『魔女を殺そう。あの女は鬼子母神だ。子供の復讐に世界全てを巻き込んだ大罪人だ。鬼子母神を殺して世界をループから解放しよう』って叫びながら歩いてるハゲがいて……」

「ええ……早朝に？　そのハゲ住職か何か？」

「さあ……とにかくあんまり近づかないようにはしたけど、同じことをずっと叫びながら歩いてたから、もしかしたら仲間を集めようとしてたのかなって」

「頭数揃えて……魔女退治ってわけ？　まさかそんな」

「でもマイセンはありえるって言ってたよ。みんなおかしくなってるから、誰かが煽れば魔女狩りだってやりかねないって」

ちょっと目を離した隙に随分マイセンと仲良くなっていないか。まあ別にあたしは困らないけど。

「ちょうどさっき二人でそんな話してたよねえ。魔女がループを終わらせる鍵かもって」

フミが言う。たぶん同じようなことを考える人が大勢いるはずだ。

「実際に魔女を殺してループが終わるかはともかく、試す人は出るかもしれないか」

いや、或いは既に――

「魔女がルーパーになってから二百周以上だっけ？　それに近い数ループしてる人もたくさんいるなら、誰か一人くらい、魔女狩りを実行してる人がいてもおかしくないんじゃない？もしかしたら魔女はもう殺されたことがあるのかも。それでも結局このループが終わらなかっただけなんじゃ……」

ワコがまじまじとあたしを見てくる。

「何？」

「いや、さっきマイセンが同じこと言ってたから」

「ええ？」

「これはいよいよ、お似合いの二人ってことですかな～？」

「マジで勘弁してよ。それよりさあ、毎日人を拷問して殺してるヤバい人の話を、なんであたしら今日まで知らなかったわけ」

「言われてみれば……なんでだろ」

「……たぶん、警察がＳＮＳの犯罪者情報に優先的に載せてないんじゃないかな」

フミが呟いた。

「この魔女は子供の仇以外の人には無害なわけだから、一般市民に警戒を呼びかける必要がないって判断なのかも」

「なるほどねえ、確かに」

他に載せるべき悪人は大勢いる。犯罪者情報も毎日警察の人が時間をかけて発信し直すわけだし、次々と新しい情報だって寄せられる。特にナイト・ウォッチの犯罪者や無差別性犯罪者は周知させないといけないから、クズ野郎一人しか狙わない魔女のことなど書いている場合じゃないのかもしれない。

「なあ、ちょっといいか」

隣のクラスの男子が戸口の前に立って、教室の中を見回していた。知っている生徒ではあったが、あまり見ない顔だった。

「マイセンって今どこ？」

「保健室で仮眠中だよ。三時になったら戻るって言ってた」

「そうか……まだ起きてこねえかな。マイセンのことで話あんだけど」

「おお、今日はマイセンの日だ」

ワコが楽しそうに言う。

「は？」

「ううん、何でもない。マイセンがどうしたの？」

「マイセンってさ、今何周してるって言ってた？」

なぜそんなことを聞くのだろうと思ったが、隠す理由もなさそうだったので教える。

「確かまだ三十周目だよ」

「それ、本人から聞いたんだよな」

「そうだけど」

「俺さ、学校に来るようになったのは最近だけど、ループはもう四十周目なんだ。で、まだループして数周ってときにさ、早朝っていうか深夜にマイセンが外にいるの見たんだ。俺は元々の『昨日』の夜に本読みながら居眠りしちまって、そのおかげで毎朝四時過ぎくらいに目が覚めて――まあそんな話はどうでもいいな。とにかく部屋の窓開けて、着替えながら外を眺めてたら、自転車乗ってる人を見かけてさ。街灯の下に来たとき顔を見たら、マイセンだった」

「午前四時に外？　しかも四十周前に？」

そんな時間に外出する用事があるだろうか。まして一睡もしていないはずの人間が。

「気になったから、次の日もこっそり窓から見てみたんだよ。あいつはまたそこを通ったけど、その時間が少しずれてたんだ」

ステイヤーは、ルーパーが介入しない限り同じように一日を繰り返すのが定説だ。例えば毎日誰かルーパーに呼び出されていて、その呼び出される時間が日によって違うというのでもない限り、マイセンは同じ時間にそこを通るはずなのだ。ルーパーになったのが本当に三十周前からなら。

「マイセンが嘘ついてて、本当は四十周以上前からループしてたって言いたいわけ？」

だとしたら何のためにそんな嘘を？

「それは間違いないと思う。ステイヤーが午前四時に外うろついてるのも変だし。でも大事なのはそこじゃない」

これだけでもかなり重要なことのはずだが、まだあるのか。

「あいつが持ってた細長い荷物が気になるんだ。もしかしたら、りょうじゅうかもしれない」

その音が、頭の中で猟銃に変換されるまで一拍置かなければならなかった。

「は？　銃？　何言ってんの」

あたしはマイセンが山で鹿や熊を狙う姿を想像した。まるで似合わない。そもそも自然の中にいるのが似合わない。アウトドア派って柄じゃない。

「ちょうどその少し前——俺もまだステイヤーだった頃だけど、銃を使った殺人事件があったらしいんだよ。最近じゃ犯罪者情報にもちょっとしか詳細載ってねえけど」

話が思いもよらない方向に向かっていく。殺人事件？　こいつは何を言い出すのか。

「一家殺害事件で、散弾銃で三人殺された。事件があったのはその一日だけ。目撃者によると犯人は太った男ってことだが、服を着こめば体型はごまかせるから、それがマイセンじゃないとは限らない」

「ちょっとちょっと、何言ってんの？」

「銃を使った殺人事件があって数周後に、深夜細長いバッグを持って外をうろついてて、しかもその日はまだループしてなかったって嘘を言ってた。俺もマイセンは嫌いじゃねえし、殺人犯だなんて決めつけるつもりはねえけど、警戒はしといた方がいいと思って」

窓から深夜に見ただけの姿から、そこまで想像するとは。この男子が妄想に取りつかれているだけなのでは？　だがこいつは十分冷静に見えた。ワコとフミも表情にだんだん不安がにじみ出てきた。

「いくら何でも信じられない話だけど、それを聞かされてどうしろってのよ」

百歩譲ってマイセンがループしていた時期を偽っていて、しかも銃を所持していることまで推測どおりだとしても、そのことをあたしたちが知ったからといって何の意味があるというのか。

「まさか本人に聞くわけにいかないでしょ。『狩猟が趣味だったりする？　休みの日、鹿とか撃ってた？』って」

「当然。こっちが何か知ってるってことは、絶対勘づかれるわけにいかない」

「えっ、じゃあやっぱあたしたち今の話聞かない方がよかったんじゃ」

ワコが不安げな声を出す。

「確かに、こんな話聞いたらマイセンと話すときちょっと身構えちゃいそう」

元々気が強い方ではないフミも心配そうだ。

「なんであたしらにそんな話すんの？」

「マイセンが基本的にこの教室にいることが多いからだよ。何かムカついて、誰かを殺そうとするならこのクラスの奴らの可能性が高い」

いけしゃあしゃあととんでもないことを言いやがる。

「あたしら、あいつに憎まれるようなことはしてないんだけど」

「でもあんたら、マイセンに対して馴れ馴れしいし、たまにからかったりもするだろ？　そういうので本人が実はムカついてる場合もあるだろ。これからはそういうの一つ一つ、気を付けた方がいいってことだよ」

　マイセンが内心あたしたちを嫌っている可能性を考えてみた。クラスの他の子のことも含めても、あたしたちはマイセンとそれなりに良好な関係を築いていたと思う。

「こんな情けねえこと言いたくねえけど、銃を持ったナイト・ウォッチなんて絶対敵に回せねえんだよ。一日の始まりと同時に、寝静まってる人間を殺しにいけるんだぞ。銃でも戸や窓を破れない家に住んでる人間なんて周りにいるか？　殺したいと思った奴は誰でも殺れるんだよ、今のマイセンは」

　マイセンがあたしたちの生殺与奪の権を握っているかもしれない。いや、かもしれないじゃない。ループした時期や銃の有無に関係なく、そもそもナイト・ウォッチは簡単に他人を殺せる立場にいるのだ。

　だが、それでもあたしたちは、マイセンを信じていたのではなかったか。

「そんな相手に不用意なこと言って怒らせたりしないよう、気を付けてくれって話だよ。伝えるかどうかは迷ったけどな。中途半端に疑惑を持って、それが態度に出ちまう方が危ないかもしれんし」

「うわあ、あたしそのパターン」

　ワコが嘆いた。

「それは悪かったが……とにかく、マイセンに対しては急にビビった態度はダメ。馴れ馴れしくしすぎるのもダメ。そうした方が身のためだぞ」

「納得いかない」

「何が？」

「マイセンが一家殺害犯？　ありえないね」

「だからそこは俺も半信半疑だって。何ならあいつが人を殺したことがあっても、ここでおとなしくしてくれてる分には構わねえんだ。ただどっちにしろ警戒だけはしとくべきって話」

「これからずっと、あいつが豹変して銃を持って襲ってくるかもって怯えながら、あいつのご機嫌取って暮らせっての？」

「そこまでは言って……いや、そういうことだな」

「ないわー。大体あたしらだけが気を付けて、他のみんなはどうするわけ」

「他の奴らにも当然話すぞ。マイセンのいない隙を見て」

あたしは咄嗟に、それは止めなければと思った。

みんながこの話を聞いたら、誰もが内心疑ったり恐れたりしながらマイセンと接することになる。マイセンは気づかないかもしれないけど。

何だかそれはすごく嫌な感じがする。

「全員がこの情報を共有することが大事なんだ。つまり口封じに一人二人殺しても無意味だと思わせないと――」

「それ、もうちょっと待ってもらえないかな」

ている。

不確かな情報で、マイセンをあたしたちの仲間でなくしてしまうのは、そんなのは間違っている。

「今すぐ危険って感じじゃないでしょ。あたし、マイセンからさり気なく聞き出せないかやってみる」

自分で言いながら、それはかなり難しそうだと思った。隠し事をしている相手に、こちらが疑っていることを気づかせずに情報を引き出すなんて。

「さり気なく聞き出す？　素人にそんなことができるかよ。何か知ったことを勘づかれるのがオチだ」

「それであたしが口封じに殺されて、学校に来なくなったらみんなでマイセンを問い詰めればいいよ。みんなでマイセンの家に押しかけて、銃を隠してないか探せばいい」

危険は承知でやる覚悟を見せれば引き下がってくれるだろうか。

「拷問されても俺の名前を吐かないか？　深夜徘徊(はいかい)する自分を目撃したのが誰なのか、話の出どころはどこなのか口を割らせようとするかもしれないだろ」

――何だこいつ。異常に警戒心が強いな。気持ち悪っ！

でもあたしにだって人のことは言えないのかもしれない。周りの危機感の足りなさに呆れていたし、自分より早くループしていた男は信じないようなあたしには。

「勘弁してよ。あいつにそんなことできないって。あたしら少なくともあんたよりはマイセンのこと知ってるつもりだよ」

「あたしも、みんなに話すのはちょっと待ってほしい」

フミが言った。この子はみんなを毎日起こしてくれるマイセンに感謝していた。

「あたしも賛成。いやー、何かとんでもない話でビビっちゃったけど、よく考えたらあのマイセンがそんな奴とは思えないし」

ワコも味方になってくれる。

「……わかったよ。ただし俺のクラスの、信用できる何人かにはもう話してるからな。最悪俺が殺されて連絡がつかない日が続けば、すぐにマイセンが怪しいって情報を学校中に拡散することになってる。あんたが学校に来なくても同じようにしたいから、連絡先教えてくれ」

そう言って、電話番号とＳＮＳのアカウント情報を求めてきた。暗記して明日以降も使えるようにするつもりらしい。

「まさか遠回しにあたしの連絡先を聞くためにでっち上げた話ってことはないよね」

冗談のつもりだったが、あたしくらいかわいい女の子ならそういう可能性も一応考慮してみるべきじゃない？　世の女の子は警戒心が足りなすぎると思うよ本当に。

「……なあ、やっぱりマイセンから情報引き出そうとするの、やめた方がいいんじゃね。そんな知能でやっても死にに行くようなもんだぞ」

「けんか売ってんの？」

だが実際いい方法が浮かばないのも確かだった。それでももう後には引けない。

これからずっとマイセンの顔色を窺いながら一緒に登校するなんて、あたしは真っ平だ。


保健室には聞いていたとおり鍵がかかっていた。ノックをして待ってみる。

一分半ほど経って中から鍵が開く。裸の上半身にワイシャツを羽織った坊主頭の男子と、そのお相手らしき女子が上気した顔で出てきた。

最近では順番待ちをしてまで保健室のベッドを使いたがるカップルは少ないらしい。

「マイセン起こしに来たんだけど、いる？」

「ああ、真ん中のベッドに……まさかマイセンとやる気？」

「やるわけねーだろ、バーカ」

カーテンを開けるとマイセンが仮眠というにはかなり深く、泥のように眠っていた。隣からはカーテン越しにベッドが軋む音と荒い息遣い、そして押し殺した女子の嬌声が聞こえる。

「ごめん、起きて」

どうせ一時間後には起きるはずだったから遠慮なく揺さぶる。隣のカップルがぴたりと動きを止める。息を潜めてこちらの様子に聞き耳を立てているかもしれない。

「うう……千夏？」

校舎内で運命共同体になってからは、マイセンはあたしや他の女子を下の名前で呼ぶようになった。というかあたしたちがそう呼ばせた。お互い信用し合うべき仲間だから。

「ちょっと話があるの、例の魔女のことで」

結局それほど上手(うま)い手を思いつかなかったあたしは、寝起きで頭が働かないマイセンが口を滑らせることを期待して突撃することにした。

「ワコから聞いたんだけど、魔女狩りをやろうとする人たちが出てくるかもって話。そんなことでループが終わる可能性、あると思う?」

マイセンはそんなことで起こしたのか、というしかめ面をしたが口には出さなかった。

「うーん、つまり魔女がループを発生させた可能性だな。ワコにも言ったんだが、人の想いや精神の力が、物理的な作用を引き起こさないとは言い切れない。科学的に証明されてないからといって、絶対にないとは限らない。現に今こんな現象が起こってるわけだし」

「でもさっき、一人の人間の情念にそんな力はないって」

「たとえばの話だが……有史以来人類が蓄積してきた怨念(おんねん)——憎しみや怒りのような負の感情——のエネルギーがついに臨界を超えて、時空に影響を与えた。……なんていうのは馬鹿馬鹿しいかな」

はい、馬鹿馬鹿しいです。っていうかワコと随分楽しくおしゃべりしてたんですねえ。

「ただそうなると魔女が死んだところで世界は元どおりにはならないと考えるのが自然だが」

「魔女がとっくに殺されてても、世界は変わらずループしてるってことだね。あたしもワコに同じこと言ったんだよ。きっともう誰かが魔女を殺してるって」

「千夏もそう思う？　俺も同意見。たぶん誰かが一度くらいは殺してみただろうな」

これ以上話していたらマイセンの目がすっかり覚めてしまいそうだ。あたしは少し強引に聞いてみたいことに踏み込む。

「でももしも本当に魔女が原因だとして、魔女を殺せばループが終わるとしたらマイセンはどうする？　たとえば一日の始まりに自分で魔女の家に行って、まだ眠ってる魔女を撃てる？」

マイセンは少し考えた後きっぱり言った。

「俺は今すぐにでも明日が来てほしいからな。そのためなら、撃てるよ。殺人罪で逮捕されるかもしれないけど、世界が救えるなら安いもんだろ」

その言葉に嘘はなさそうだった。マイセンは本当にループが終わることを望んでいる。

だがマイセンは「撃てる」と言った。銃の話などしていないのに、あたしが「撃てる」という言葉を使ったら、マイセンも同じ表現を返した。単につられただけなのか、それとも「撃てる」ようなものを持っているから何の疑問も持たずにその言葉が出てきたのか。

「子供を殺された復讐をしてるだけの、かわいそうな人を殺せるの？」

不自然にならないよう話を続ける。

「復讐自体をどうこう言う気はないよ。死んだ方がいいクズなんてこの世にいくらでもいる」

「けっこう過激なこと言うんだね」

「どんな理由があっても人を殺すのはいけないなんて綺麗事、こんな世界じゃ響かないだろ？」

「まあね」

「ただ復讐に無関係な人を巻き込むのは許されない。たとえ本人が望んでいなくても、魔女が復讐のために世界を巻き込んだなら、殺されても仕方ないと思うよ」

「そっか」

「他に話がないんだったら、悪いけどもう少し寝かせてもらってもいいか」

「うん、ごめんね。それじゃ」

結局はっきりしたことは何もない。けれど早く探らないとマイセンが危険人物ということにされてしまう。


「くっっっくどぅーどぅるどぅー！」

ニワトリの鳴き声コケコッコーを英語ではこう呼ぶと昨夜ふと思い出し、次の朝はこれで起きようと決めていた。こう毎日奇声を上げながら起きると、両親からおかしくなったと思われそうだが、世界の方がおかしくなった今、多少頭のネジが緩んだと見なされてもどうということはない。

今日は起きてすぐマイセンの家へ向かうと決めていた。

自転車は手前の曲がり角に隠して、そっとマンションに近づく。

意を決してインターフォンを呼び出すが、誰も出ない。この時間に眠っていることはないはずだ。

本当に外に出ている。だがそれだけではまだ何も確かなことは言えない。

一旦マンションを出てふと横を向くと、遠目にマイセンの姿が見えて微かに残っていた眠気がぶっ飛んだ。

あたしの身体は半分マンションの塀に隠れていた。おまけにあたしは視力がいい。どうやらこちらだけが気付いているようだ。

塀からそっと顔を出して様子を窺う。隣のクラスの男子が言っていたとおり、細長いバッグを担いでいる。あの中に猟銃が？

冷静に状況を再確認する。もしマイセンが殺人犯なら……あたしが嗅ぎまわっていることを気付かれたら、あたしの口をふさぐことを考えるかもしれない。銃はすぐに取り出せなくても、他の武器だって持っているかもしれない。強そうには見えないマイセンだが、本気で殺しにこられたら、女のあたしが勝てるとは思えない。

そして殺された次の日は……マイセンは一日の「始点」の三時十一分から活動できる。あたしが目を覚ます前に寝静まった我が家にやって来て、窓を破って侵入し、自由にあたしを殺して口をふさげる。そうなれば学校のみんなにマイセンの正体を告げることもできない。いずれあたしが毎朝殺されていることがみんなに知られるかもしれないが、マイセンを犯人と決めつけることはできないだろうし、そもそもナイト・ウォッチのマイセンはいつでも遠くに逃げることだってできるのだ。

ここはとにかく、あたしの存在に気付かれるべきではない。

理屈で考えればそうなる。

けれどあたしは覚悟を決めてここへ来た。

あたしはマイセンの嘘を暴きに来たんじゃない。

マイセンを信じると決めて、マイセンが殺人犯などではないと証明するためにここへ来たのだ。

ようやく気付いた。ルーパーになったのがあたしより遅い男だから信じられるんじゃない。

マイセンだから、信じられるんだ。

塀の陰から歩み出た。マイセンの目が驚きに見開かれる。

「千夏」

「おはよ」

「どうしたんだ、こんな朝っぱらから……」

「マイセンこそ、どこ行ってたの？」

「俺は、知り合いの家に行ってたんだ。取ってくるものがあって」

「その荷物？　……猟銃なの？」

「猟銃？　いや、これは猟銃じゃないが……」

「中身、見てもいい？」

「いや、これはプライベートなもんだから」

怪しい。こんな細長いバッグに入れて持ち歩くプライベートなものって何なんだ。

そのとき、マイセンが来た方向からこちらへ近づいてくる男に気付いた。

「ねえ、後ろの人知り合い？」

勢いよく振り向いたマイセンを見るに、連れ立ってきたわけではなさそうだ。

「練馬(ねりま)さん、つけてきたんですか」

「いや、つけたなんてそんな……ただ蔵米(くらまい)くんと話がしたくて」

マイセンの本名、そういえば久々に聞いた気がする。今学校に来ている子はみんなマイセンとしか呼ばないから。

「話したいのはやまやまですが、俺はこれから行く所が……」

「や、やあ。君、蔵米くんの学校の子？」

男は急に甲高い声であたしに話しかけてきた。

薄笑いを浮かべて近寄ってくる。一言で言ってキモい男だ。髪は脂ぎっているし、だらしなく太って、姿勢が悪く歩き方も不格好だ。正に挙動不審。

「いいなあ。蔵米くん、こんなかわいい子と毎日いっしょなんでしょ？」

舐め回すような視線に鳥肌が立つ。こんな奴がマイセンの知り合い？

「なのにオレは、縛られて一日中転がされてたんだもんなあ」

台詞も雰囲気も、明らかに不穏なものを感じさせた。

不意に脳裏をよぎったのは、一周前登校中にマイセンから聞いた話だった。アイドル暴行未遂犯が、ナイト・ウォッチに毎日監禁されていたという。

「練馬さん、俺は無実の人の自由を奪ってたとは思いませんよ。あなたと被害者は学校が同じだったし、あなたが復讐したいと言ってた人物の特徴とも合致してた」

「本当にオレじゃないんだよ。まあもう信じてくれないのはわかったけどさ」

「もし何かしたら、またあなたを拘束しなきゃいけない」

「わかってるよ。だから――あれ？　君のマンションの入口から妙な人が」

マイセンが振り返る。釣られてあたしも入口を見る。誰もいない。

「あぐっ」

変な声がしてまた振り返る。練馬という男がマイセンに抱きついているように見えてぎょっとする。

いや、違う。これは――

「だからさ、今日一日だけでも思う存分楽しんじゃうよ」

練馬の手に握られているのは、血まみれのナイフだ。

マイセンが刺された。

その事実にあたしの理解が追いつく前に、男は更に太腿（ふともも）を刺した。絶叫が響く。

「うああああああ！」

「マイセン！」

叫んだあたしに、練馬が突っ込んでくる。頭が真っ白になって、棒立ちになってしまう。

そうだ、あたしも武器を持っているんだった。

あたしがペティナイフを取り出したとき、奴はもう腕を振り下ろしていた。

頭から火花が出たように感じた後、猛烈な痛みに襲われた。気付いたときには膝（ひざ）をついていた。早く立ち上がらないと――。そこにもう一撃。ちらりと見えたのは金槌だった。

頭が痛い。熱い。立てない。肩を摑まれ、組み敷かれる。嫌悪感で吐きそうになる。刺されたマイセンは無事だろうか？

「やめっ……離せよ……」

上体を起こそうとしたあたしの右目に何かが入って見えなくなる。その温かいものは頬から顎へ流れていく。あたしの頭のてっぺんから流れた血だった。

片目でも、男が眼前に突き付けてきたものはよく見えた。血のついてない、マイセンを刺したのとは別のナイフ。

「動くと刺さっちゃうよ」

ナイフがあたしの制服のシャツの合わせに潜り込んでくる。ちくりとした鋭い痛みで、刃先が皮膚を少し切ってしまったのがわかる。ナイフにボタンを切られ、下着を露わにされる。

うわあああ、やめろやめろやめろやめろ。

「大丈夫だから。大丈夫だから。人が来ないうちにすぐ終わらせるからね〜。でも後で友達も呼び出してもらうよ〜。一日で何人やれるかな〜」

あたしは男に押さえられていない左手で、思い切り顔面を殴った。その拍子に胸の下に浅い切り傷ができる。こんな程度の傷でも痛いのに、刺されたマイセンはどれだけ痛かっただろう。

男の拳が腹にめり込む。二度。三度。嘘みたいに痛い。息ができなくなって、吐き気がこみ上げる。

あたしたちがマイセンを信じてあげられなかったから、こんなことに……。たぶん一家殺人犯はこの男なんだ。マイセンはこいつを止めていたんだ。あたしもきっとこいつに殺される。でもこんな奴の好きにさせるくらいなら、無茶苦茶に暴れて刺し殺されてやる。どうせ死んでも生き返れるのだ。

「まだお仕置きがいるか～？　おとなしくしてれば痛くしないよ～？」

「お仕置きが必要なのはてめえだろ」

それはあたしが今一番聞きたい声だった。地獄からあたしを引き上げてくれる声。

マイセンが、腹ばいに寝た状態で長い銃を構えていた。

「早く離れろ。妙な動きしたら撃つ。この距離じゃ外れない」

完全にキレた表情。学校でこんな顔は一度も見せたことはなかった。

「弾は入ってな――」

「あんたの銃には入ってない。これは俺のだよ」

事情は全然飲み込めないが、そんなことよりマイセンの苦しそうな様子に気が気じゃなかった。

「嘘だ。オレは見てたぞ！　オレの銃を入れるときバッグは空だった」

「あんたの部屋に押し入る前にバッグから出してたからな。あんたが何か仕掛けてくるか試してみたが……このザマだよ」

「はめやがったのか、蔵米、おまえ」

「はめようとしたのはあんただろ……練馬さん。さっさと立てよ！　撃つとき急所は狙わないぞ。死ぬまでじわじわ時間のかかる場所を撃つ」

ぞくっとするほど冷たい声だ。男が恐る恐る立ち上がる。映画で銃を向けられた人間がするように両手を上げる。

「その辺に跪け」

あたしは急いで立ち上がってマイセンの方に駆け寄る。

お腹と太腿の部分の地面に、赤黒い血だまりができている。

「千夏、大丈夫か」

頭はひどく痛むが、身体は動くし切り傷も小さい。

「あ、あたしは大丈夫だけど、マイセン……」

「く、蔵米くん、話し合おうよ。悪気はなかったんだ」

男が情けない声を出す。見上げる顔を蹴り飛ばしてやりたくなる。

「俺を殺したくなるのはわかる。だがこの子にやろうとしたことは……」

「な、生の女子高生なんて見たの久しぶりで、つい興奮しちゃって！　何せずっと監禁されてたんだから！」

「悪いけど明日以降もそうさせてもらう。千夏、後ろ向いて、曲がり角まで走れ。何があっても振り返るなよ。俺がいいって言うまで出てくるな」

あたしは別人のようなマイセンの形相に気圧されて、おとなしく背を向けた。

男がヒステリックにわめきだす。

「なんでクソガキどもの面倒なんて見るんだよ！　銃があれば生意気な女子高生を好き放題できるのに！」

それに対するマイセンの答えは、大きな声じゃなかったけどはっきり聞こえた気がした。

「そりゃあ、俺は教師だから」

――あたしたちはマイセンを同級生の友達みたいに扱っていた。

大学を出て二年しか経っていない先生はそれほど大人に感じなかったし、何ならちょっと舐めていた節もある。

あたしたちはこの先生のことを何もわかっていなかった。

「それにナイト・ウォッチだからな。見守るのが仕事だ」

「なあ勘弁してよ……今すぐ消えるから……」

「俺だって撃ちたくない。でも生徒に手を出す奴は見過ごせない。長くもたなそうだから、その前に片を付けさせてもらう」

「待て、蔵米く――」

爆発音に思わず飛び上がる。銃声は思っていたより遥（はる）かに大きく早朝の空気を震わせた。

あたしはすぐには動けなかったが、銃声の余韻がやむと同時に角の向こうに飛び出した。

「来るなって言ったろ」

マイセンは寝転がったままで仰向けになって上着を脱ごうと苦闘していた。あの男は胸元から大量に血を流して動かなくなっていた。この状況で上着を脱ごうとする意味……それを察してたまらない気持ちになる。あたしに血まみれの死体を見せまいとして、上着をかけようとしたのだ。けどクソ野郎の死体なんかより、マイセンのTシャツに大きく広がって滴(したた)る血の方がずっとショックだった。

「ひどい怪我じゃん……」

「……アドレナリンかな。案外痛くない」

痩せ我慢に決まっていた。顔は夥(おびただ)しい量の脂汗で濡(ぬ)れ、顔色は真っ白だ。それにさっき、自分でもうもたないって。なのにあたしに心配をかけさせまいとしている。

「かっこつけすぎだよ……」

「……そうかな。まあ生徒の前でくらいかっこつけるさ」

ひょろひょろ痩せていて、女慣れしていないのが隠し切れてなくて、空想癖があるけどネーミングセンスが微妙で、でも優しくて、色んなことを知っていて、生徒のことを心から心配していて、話を真剣に聞いてくれて、そんなこの人のことを、あたしは——

こんなときに、自分の気持ちに気が付くなんて。

「先生、死なないで……」

「……明日には生き返ってるよ」

「でも……もしかしたら今日が最後かもしれないじゃん、ループ」

「……その確率は低いよ。二百周以上続いてるのがちょうど今日終わるって……」

「それでも死んじゃやだ……」

もう止められなくなった涙がマイセンの顔に落ちる。

「おいおい、泣くなよ」

「先生が好きなの」

その言葉は自然に口からこぼれた。照れ臭いとか恥ずかしいと考える間もなく。

マイセンがどんな表情をしたのか、驚いたのか、困ったのか、笑ったのか、もう涙でよく見えない。

頭の上に、弱々しくマイセンの手が置かれた。優しく頭を撫でられる。

「よく聞いて。そこの散弾銃を、引き金に絶対指をかけないで、バッグに入れるんだ」

「え？　何？」

「いいから聞け。それ持って自転車乗って、危ない奴とばったり出くわしたら……引き金に触らないように慎重に、慎重にバッグから取り出せ。銃を向けても襲ってくるようなら、よく引き付けて撃て。触れそうなくらい近くに来てから撃つんだ。わかったか」

マイセンの剣幕に首を何度も縦に振る。

「今日はもうお前を守れない。学校まで、自分の身は自分で守るんだ。いいな」

あたしは何も言えなかった。マイセンがいない通学路なんて、どうしていいかわからない。

「返事は？」

「……はい」

あたしは立ち上がって、銃を恐る恐る拾う。銃口の辺りが血まみれだが、そんなことどうでもよかった。バッグにそっとしまう。早く先生を安心させてあげないと。

「できたよ」

「よし、明日の朝、また迎えに行くから」

「……絶対だよ」

「……っていうか、もしかして、俺死なないんじゃね？　長々しゃべれてるし」

そうだ。たくさん血を流しているからって死んでしまうと決まったわけではない。

「うん、死なないよ。待ってて、すぐに誰か呼んでくる……マイセン？　ねえ、先生？」

ゆっくり瞬(まばた)きしていたマイセンの目が、開かなくなった。それからいくら呼びかけても、もう返事はなかった。たまらなくなってマイセンの手を握った。微動だにしない手から驚くような速さで温(ぬく)もりが消えていくのを感じながら、しばらくその場を離れられずにいた。


ふらつきながら自転車に乗って校門まで辿(たど)り着くと、緊張の糸が切れたのかもう一歩も動けなかった。学校から何人か飛び出してくるのを見ながら、あたしは気を失った。

起きると保健室で怪我の手当てをされていた。時刻はとっくに午後になっていた。あたしは起こったことを説明した。とにかくまずマイセンの名誉を回復したかった。

　隣のクラスの男子は、真相を知っても驚かなかった。マイセンが殺人事件の犯人を知って、そいつから銃を取り上げているという可能性は既に考えていたらしい。ただ銃を持つナイト・ウォッチの危険性を考えると、最悪の方を想定して動くべきだと思った云々（うんぬん）……あたしにはもうそんな話はどうでもよかった。そいつを一発、思いっきりぶん殴って、それ以上文句は言わなかった。

　あたしはみんなの前ではもう泣かなかったけど、今日が終わるのがずっと不安でたまらなかった。ワコとフミが付き添って落ち着かせてくれたけど、深夜になっても眠れなかった。目覚めたとき、ここにいたらどうしよう。家のベッドじゃなくて、この保健室で目覚めたら。ループが終わってしまっていたら。また泣きそうになるのをこらえて、布団をかぶって丸くなっていた。


　目が覚めて、まず視界に入ったのは暗い部屋の天井。まだ朝じゃない。そしてここはあたしの部屋。

　ループは途切れなかった。またいつもの今日だ。

マイセンは生きている！

歓喜の叫びを上げて飛び起きる。声を張りすぎて両親どころか隣家の人まで飛び起きたかもしれない。

今日もマイセンが迎えに来る！　あたしは鼻歌を口ずさみながら身支度を整える。

「あんたねえ、野獣の雄叫(おたけ)びみたいな声で起こすの、いい加減やめてよ。あれ、メイクやめたんじゃなかったの」

「別にやめてないし」

うんざりした顔で起きてきたお母さんに目ざとく気づかれた。いつもより気合の入ったメイク。単に時間があったからで、他意はない……はずだ。

そしていつものように電話が一回鳴る。外に出るとマイセンが待っている。あたしは急に気恥ずかしくなって、上手く挨拶できない。

「……おはよ」

「おはよう。何だか生き返った気分だ」

マイセンは昨日と同じ、細長いバッグを担いでいた。

「こうなった以上、俺が銃を持ってるって情報はいずれ広まる。なら学校まで持っていった方が安全だと思って。あそこには、これを悪用しようとする奴はいないだろう。ちょっと前までは、正直生徒を信じきれなかったから家に置いてたんだが。学校でのみんなを見てたら大丈夫だなって」

それからマイセンは「愉快な話じゃないが」と前置きして、ぽつぽつと話し出した。あの練馬という男とのことを。

二人が知り合ったのはクレー射撃場だった（なるほど、確かにあれは狩猟用の銃ではなかったわけだ。ちなみにマイセンはその趣味のことを同僚にも生徒にも話していなかった）。マイセンの方から、初心者だった練馬に声をかけて色々教えてやっていたらしい。

練馬は年下の先輩であるマイセンに心を開いていき、やがて自分が昔いじめられていたという身の上話をするようになった。いつかいじめた子たちに復讐したいと思っていることも。マイセンは、徐々に練馬が危険な人物だと感じるようになった。

そして五十三周前、マイセンがループを認識するようになると、同じ頃に散弾銃を使った殺人事件のニュースが流れた。殺されたのは一家の父と母、そしてまだ幼い子供だった。犯人は覆面をしていたが、目撃者の証言による背格好などの特徴は練馬と一致していた。

次の日、すぐにマイセンは練馬の家に向かった。窓を割って侵入し、銃を突き付け問い詰めた。

「あの人は口では否定したけど、様子はどう見てもクロだった。だから練馬のガンロッカーから散弾銃を取り出して、俺の家のガンロッカーに入れることにした。――散弾銃っていうのはガンロッカーに保管する決まりになってるんだ。練馬は縛り上げて風呂場に転がしといた」

それからナイト・ウォッチであるマイセンは、毎周一日の始まりと同時に練馬の家へ行き、奴を縛って銃を回収する日々を送った。

「昔自分をいじめてた相手を一度撃ち殺しただけなら、たぶん俺は練馬を放っておいたと思う。でも子供まで撃つような奴を、野放しにはできなかった」

マイセンがルーパーになった時期を偽っていたのは、二十周もの間、教師としてあたしたち生徒を守ること以外に注力していたのが後ろめたかったからだった。

「迷ってたんだ。警察に連絡して『保安官（シェリフ）』になるか、『自警団（ビジランテ）』に混じるか。銃を持ってるならどっちかで世の中に貢献するべきじゃないかって。でも俺は、毎日知り合いを縛り上げて放置するだけで罪悪感に苛（さいな）まれてた。悪人を追いかけ回して撃つなんてできそうもなかった。それで分相応に、教師として学校でできることを探そうと思ったんだ」

結果として、マイセンが自分よりも後にルーパーになったと思ったあたしは、マイセンと抵抗なく通学でき、一人で学校に向かうより安全な日々を送れた。

けどそのせいで、あたしはこの人に心をかき乱されている。畜生、どうしてくれるんだ。

「練馬が毎日自分の無実を主張するもんだから、銃は取り上げるけどもう縛るのはやめますって言って解放したんだ。しばらく前から自分の銃は持ってきてないように見せかけた上で。練馬が殺人者なら、弾を抜いた練馬の銃しか持ってないと思ってる俺に何か仕掛けてくるかもって思ってたんだが……容赦なく殺しに来るとはね」

そしてそんな場面に出くわすあたしの間の悪さといったら。

「ナイト・ウォッチの俺を攻撃するっていうなら、別のナイト・ウォッチに頼んでナイト・コールで起こしてもらう約束をしておかなきゃ、次の日からまた拘束されるのはわかり切ってるっていうのに……あまりに短絡的だ。そのくらいおかしくなっちまってたんだろうな」

あの様子を見ただけでまともじゃないのは明らかだ。奴の手の感触やキモい声、くさい息。思い出すだけで鳥肌が立つ。

「そういえば、あいつ言ってた。『今日一日だけでも思う存分楽しんじゃうよ』って」

「せっかく手に入れた自由を手放すのも承知の上でか。翌日怒り狂った俺に殺される可能性だってあるのにな」

「今日も……あいつの家に行ってきたの」

「ああ、これからも毎日拘束し続けないといけないな」

あんな豚野郎、チャーシューのように縛る手間なんて省いて、脳天に一発ぶっ放してやったって構わないのに。まったくもう、優しいんだから。

「三周目くらいからいつもそうしてるんだが、少しでも退屈しないように、両手が縛られても口でペンを咥(くわ)えて操作できるタブレットなんかを置いて行ったりしてさ。……もしかしたら俺も、ちょっとおかしくなってるのかもな」

「そんなことないよ。マイセンは、おかしくなんかない」

自分を刺した男にさえ同情できる人間がおかしいなんて、そんなはずはない。だがいざとなったら悪人を躊躇いなく撃てるこの人は、平和ボケしたこの国の「普通」の人の範疇からは外れているのかもしれない。もっとも綺麗事をほざくだけで無法者に抵抗もできないようなのが「普通」なら、そんなものはクソ食らえだけど。

正常とか異常とか、正しいとか間違っているとか、あたしにはどうだっていい。わかっているのは、マイセンが生徒を命懸けで守る教師だってことだ。そういう人だからあたしは――

沈黙が流れる。何となくこのままだと話があたしの望まない方向に行きそうな気がした。

「でも、マイセンのおかげで事件は一度しか起こらずに――いやマイセンが刺し殺されてあたしも襲われかけたから二度か。二度しか起こらずに済んだけど、ループが終わったらちゃんと警察動いてくれるのかな？　銃はマイセンが取り上げてるからいいけど、子供まで撃ち殺したような奴は、いくら被害者が生き返ったってちゃんと捕まえてほしいよ」

「定期的に放送されてるよな。超法規的措置ってことで、ループ中の性犯罪や傷害、殺人はループが終わり次第、一斉に逮捕するって。それとナイト・ウォッチが犯罪者をナイト・コールで起こすだけでも犯罪の共犯と見なすってな」

何とか話の方向を自然に逸らせたようでほっとした。

「そうそう、被害者の証言があれば物的証拠なしでも有罪になる可能性があるんだってね」

「まあ物的証拠があるわけないからな。でもそうやって脅しとかないと、好き放題やる野蛮人が増えるばっかりだろうし。他の国も大体同じような措置をとっくに取ってるわけだし」

「特に女を襲ってるような奴らは、このループが終わったらとっとと捕まえてもらわなきゃ困るって。殺された人は生き返れるからまだマシだけど、襲われた記憶は消えるわけじゃないんだから」

「それはそのとおりだけど……だが実際はループ中の犯罪に関しては、ほとんどがうやむやに終わるんじゃないかと俺は睨んでる」

「はあ？　なんで？　刑務所にぶち込む奴らが多すぎてパンクするから？」

「それもある。逮捕、起訴、裁判がとても追いつかない。警察や検察の中にも無茶苦茶やったやつはいるだろうし。ただそれ以上に、証言だけで有罪にするってのが、やっぱ苦しいはず。推定無罪の法則ってのがあるからな」

「それを引っ繰り返すから超法規的措置って言ってんじゃないの」

「しかし、あの人に襲われただの、あいつに殺されただのの証言だけで裏付けもなく人を有罪にできたら、冤罪(えんざい)天国になっちまう」

「レイプ魔と殺人鬼が平然とうろついてる犯罪天国よりマシだって！　せっかく元の世界に戻っても、それじゃあ痴漢だらけの電車に乗ってるようなもんじゃん」

「痴漢か……そういえばたまに話題になる痴漢冤罪の問題に関しては、推定無罪の法則は無視されてると言わざるをえないな。見る角度によっては、この国の司法は穴だらけだ。なら政府の超法規的措置が現実になる可能性もあるか？　所詮政治家なんて連中は票を失うのが怖いんだから、ループ中に犯罪被害に遭った人の多さを無視はできないはず。それとも結局はいつもの事なかれ主義で、今現在好き勝手に暴虐の限りを尽くしてる犯罪者どもを牽制するためだけの脅し文句に過ぎないのか……」

どんどん話が大きくなってきたが、理屈っぽく話の長いいつものマイセンを見て安心した。両者生き返ったとはいえ、殺したり殺されたりという経験をしたのだ。心に傷を負っていそうなものだが、本人は至って平気そうな顔をしている。それはそれでどうなんだとも思うが……

とにかくあたしにとって不都合な話題からは大きく離れてくれたようだ。そもそもあのときのあたしの言葉。息も絶え絶えだったマイセンに聞こえていたかも怪しいものだ。

「……話は変わるが、その……俺の死に際に千夏が言ってくれたことなんだが」

あたしは太腿に全神経を集中して自転車をこぐ速度を上げ、マイセンを置き去りにした。

「おい、待て！　そんなにスピード出したら危ないだろ！」

マイセンも負けじと速度を上げ、あたしの隣に並ぶ。

「その、俺のことが――って話だけど」

「いや、あたし今その話はなしって雰囲気出してたじゃん！　空気読んでよ！」

「だが本気の言葉には本気で答えないと――教育者としても」

「急に先生ぶらないでよ！」

　マイセンはいつものマイセンでいてくれないと、あたしもいつものあたしでいられない。

「えぇ……俺はいつも教師らしくやろうと思ってるんだけどなあ」

「それでマイセンのカップなんか持って来ちゃってんの？　何？　高級品を使ってれば大人なわけ？　わざわざ梱包してリュックに入れてさ」

「マイセンこと蔵米先生が本当に例のマイセンのカップを持って来るっていう洒落だろ？　みんなウケてたじゃないか」

　給料がいいわけでもない若い高校教師が自分では買いそうにないそれは、教員試験に受かったお祝いに親戚からもらったものらしかった。新担任だった蔵米先生がその話をした日から、先生のあだ名はマイセンになった。磁器のマイセンとはイントネーションが違う。蔵米先生のマイセンは「凱旋」や「肺炎」と同じで、磁器のマイセンは「サイレン」や「睡蓮」と同じだ。

「大体、ナイト・ウォッチとかナイト・コールとか、何なのそのセンス！」

「ナイト・コールの方は俺が考えたわけじゃない。夜勤組の警察官が一日の始まりに非番や日勤の警官を叩き起こして招集するための一斉連絡をそう呼んでるんだ」

そういえば以前護身術の教習で学校に来てくれた警察の人がそんなことを言っていた。

「夜勤組……ならマイセンみたいな人は徹夜組でいいじゃん」

「そんなダサい呼び方より、ナイト・ウォッチの方が悪いことが起きないか見張ってる感じがしていいだろ？　他の呼び方がよかったら……そうだな、『ジョーカー』っていうのはどうだ？　切り札になるカードってことで」

うわあ、ダサい。

「ダッッッッッサ！　知ってる？　そういうの中二病っていうんだよ」

誰もが面と向かっては指摘しなかったことをとうとう言ってしまう。

「中二病くらい知ってるわ。っていうか俺をそんなもんの患者扱いすんな。大体、中二病はお前の方じゃないのか」

「はあ？」

「周りの生徒も大人たちも、危機感の足りないボンクラだって思ってるとこあるだろ。状況を正しく見極めてるのは自分だけだって。そういうの、周りに伝わるんだぞ。まあ確かに千夏は判断力あるけど――」

「はあ～？　はああ～？　何それ！　あたし、そんな……マイセンこそ、エロ教師のくせに！」

急所を突かれたような気がしたあたしは、取り乱して意味が分からないことを口走ってしまう。

「はあ？　何だそれ？」

「隣でエッチしてる生徒の声を盗み聞きしてたじゃん！」

「あ、あれは保健室にしかベッドがないんだからしょうがないだろ。別に隣の声なんて聞いてねえよ！」

「嘘。絶対耳をすませてたね。エロ教師。エロセン」

「エロセンはマジでやめろ。そもそも眠くて隣の様子なんか気にする余裕ねえよ」

「でも……あたしが起こしに行ったとき、その、大きくなってたよ。アレが」

実際はそんな所は見ていないのだけど、売り言葉に買い言葉で後に引けなくなってつい出まかせを言ってしまう。

一瞬遅れて意味を悟ったマイセンが一層慌てた声を出す。

「お、大きくなってねえよ！　よしんば大きくなってたとしても、それは生理現象なの！　寝て起きたときはそういうもんなの！」

「こんな所で保健の授業始めないでくれます〜？」

ここぞとばかりにマイセンをからかう。やっと余裕が戻ってきた。

「……何なんだよ。昨日はあんなにしおらしかったのに。『先生、死なないで。死んじゃやだ』って」

逆襲してきやがった。あたしはブレーキをかけて、並んだマイセンの肩をパンチした。

「調子乗んな、バカ！　死ね！」

「うわっ、教師を殴るな！　昨日死んだ人間に死ねって言うな！」

「あたしあのとき頭打ってたし！　正気じゃなかったし！」

――ループする日々が楽しくなるときもある。フミの言葉を思い出す。

その気持ちがわからないと言えば嘘になる。だけどあたしはやっぱり明日が来てほしい。

マイセンは生徒と隠れて恋愛できるような人じゃない。今日が続く限り、あたしが高校生を卒業できない限り、この勝負に勝ち目はない。だからもうこの想いは言葉にしない。

けどいつか明日が戻ってきたら――生徒じゃなくなったあたしなら勝機はあるはず。

傍から見ればくだらないようなことでも、未来に目標があるのはいいことだ。

あたしは早く学校に着いてしまわないよう自転車の速度を調節する。早朝の空気で熱を冷まさないと。こんな火照（ほて）った顔のまま学校へ行ったら、ワコやフミに何を言われるかわからない。

第三話　ブレスレス

明日が来る世界でも、
今日が続く世界でも変わらない。
大事なのは後悔しないように生きることだ。
後悔しないためには
夢中になれるものを全力でやればいい。

一日の始まりは目前に迫る赤信号。慌てることなく足を踏みかえ急ブレーキ。交差点前で停止できることはわかっていても、こんな場面から毎日が始まるのは気分がいいものじゃない。たとえ一日が過ぎれば全てが元どおりになるにしても、「二周目」のように咄嗟のブレーキが間に合わずに横から来た車と接触するなんて事態は避けたい。タイミングが違えばあのときとは別の車とぶつかる可能性もある。

目の前を通過する車の運転手がこっちを見て手を上げた。ぼくもすっかり顔見知りになった彼に微笑みかける。彼がぼくよりも早くルーパーになった人で、しかもぼくのことを知っていたのは幸いだった。

——どうやら居眠り運転か何かで交通事故を起こしてしまったらしいぞ。まさかあんな大事故の後でまた交通事故とは。それにしても随分リアルな夢を見ていたな……混乱しながらそんなことを考えていたぼくに、車を降りてきた彼は笑ってこう言った。

「気にしないでくれ、あんたが悪いってわけでもないしね。……驚いたな！　あんた、ジェラールじゃないか！　こんな有名人と何度もすれ違ってたとは気づかなかったよ。でもあんたの車が突っ込んできたのは今日が初めてだな。ってことはつまり、もしかして今日がループ『二周目』かな?」

それから彼は変わってしまった世界のことを手短に教えてくれた。事故で頭を打っておかしなことを口走っている可能性も考えたが、彼の話はあまりにも理路整然としていて、無視して警察と保険会社に連絡するのを躊躇(ためら)わせるものがあった。そして確かにぼくには、その日を一度終えているという感覚があった。そもそも気が付けば交差点に突っ込んでいたあの瞬間の直前、確かにぼくはジムにいたはずだ。二人一組でタックルの打ち込みを繰り返していたのに、気付けば車で他の車にタックルしていたというわけだ。その練習風景はいくら代わり映えのしない日課とはいえ、あまりにも鮮明で、とても居眠り運転中に見た束の間の夢とは考えられなかった。

「来月あるはずだったあんたの復帰戦が観れなくなって残念だよ、チャンプ」

彼はそう締めくくると引き止めるぼくに手を振り、右後部ドアを中心にひどい有様になった車に乗り込んで行ってしまった。それから数時間、夕方になるまでラジオ、テレビ、ネットで流れるニュース——その多くに見覚えがあった——を片端から漁(あさ)ったぼくは、おかしくなったのは彼ではなく世界の方だということをついに認めた。

そして自宅で眠れぬ一夜を過ごし、一日の「終点」だという時刻が来るのを時計の秒針を凝視しながら待っていると、次の瞬間車の運転席にいたぼくは、今度は無事に急ブレーキを踏むことに成功した。呆然(ぼうぜん)とするぼくの眼前を通り過ぎる車の中で、あの男がこちらに親指を立てるのが見えた。こうしてぼくのルーパー生活が始まった。

ループする一日の「始点」の時間に人々が何をしていたか。南北アメリカ大陸はちょうど昼間だったから寝ていた人間は少ないだろう。間の悪い人の中にはスカイダイビングの最中だった人だっているのだから、ぼくなんかはまだマシな方だ。

より重要なのはそのとき何をしていたかより、自分の肉体の状態だろう。初日のループさえ乗り越えれば、運転中だろうと水中や空中にいようと心構えができる。だがもし運命の日が八か月以上前、交通事故で大怪我を負い入院していた期間にやってきていたら。或いは単に午前中を練習時間に当てた日と重なったりしていたら。毎日を体力が有り余った万全の状態から始めることはできなかった。

ぼく個人の混乱の日々も、社会の混沌の時期も過ぎて、この異常な毎日がすっかり日常と化して久しい。今では日頃安全運転を心掛けていたのが嘘のように、愛車のシボレー・コルベットのアクセルを思い切り踏むことに躊躇がなくなった。周りの車も飛ばすのが当たり前になっているから、法定速度を守っていたらかえって事故を起こす。

幹線道路を時速一八〇キロで飛ばせば、家からジムまでは十分もかからない。ベルトを取った記念に買ったスポーツカーの性能がこれほど活きる機会があるとは思わなかった。

ジムに入ると、今日もジョセフがバッグを叩(たた)いている。彼の一日のスタート地点は正にこのジムの中だったが、幸いにも午後から練習を始めたばかりだったので、まだ疲労はない。むしろちょうど身体がいい具合に温まってきた頃合だった。

一日が始まった時点で他のジムメイト——この時間にいたほとんどがプロ選手——のように練習など放り出して、無軌道なセックスやドラッグを楽しみに街に繰り出すことも、或いはもっとぶっ飛んだ娯楽にスリルを求めることだってできる。例えばごく一部の、最早正気を保っているのかも怪しい人間の中には、パラシュートを着けないスカイダイビング等の「エクストリーム自殺(スーサイド)」やリアルロシアンルーレットなどを試みる者まで出ているらしい。

たとえ過激で目立つ行動や、羽目を外して楽しむのを好まないにしても、肉体を鍛えるという行為に意味がなくなってしまった世界で、ジムにいようとする人間は少ない。ここが空っぽになってしまったのも当然だ。

だがジョセフは最近では、ジムを出る前に、ぼくと同じように午後の一、二時間を練習に費やす。

「ジェラール、スパーやろうぜ」

「ああ」

ぼくはジーンズにTシャツのまま、右手にＯＦＧ(オープンフィンガーグローブ)をはめながら金網(ケージ)に入る。これは最近始めた試みで、普段外を出歩く格好で闘うことで護身という格闘(マーシャル・アーツ)技の本質や武道精神を見つめ直すのが目標とジョセフには説明しているが、どちらかというと変化をつけて練習に飽きないようにするためにやっていた。

　ケージの真ん中に歩み出てジョセフとグローブを合わせようとしたところ、不意打ち気味にタックルされる。ぎりぎりのところでバランスを取り、倒されるのを免れる。

「視線が正直すぎるぞ」

　グローブを合わせるふりをしたとき、一瞬下の方に目をやったせいで狙いが知れた。それでももう少しでテイクダウンされそうになったのは、準備運動をせずにスパーリングを始めたせいだろう。ストレッチもウォームアップもせずに急に動き出したとき選手のパフォーマンスがいかに落ちるのか、世界がこんなふうにならない限り試す気にもならなかっただろう。まして膝の前十字靭帯断裂を経験した身としては。

　ケージに押し付けられるが、お互いこのまま膠着状態に陥る気はない。ジョセフは手を離して肘を振り回してくる。だが肘を使った攻撃はここ半年――世界がループする前――ぼくが最も研鑽していた技術の一つだ。得意技にするということは防御の方法も理解することだ。ぼくはジョセフの左右肘連打をガードして至近距離の打ち合いに応じる。距離を取って身体がほぐれるまで時間を稼ぐことも、本来得意な中距離での攻防に持ち込むこともしない。

　先にいいのをもらったのはぼくだった。近距離で放たれた右ハイキックが、ガードできたと思ったのに足先が後頭部を巻き込むように入って軽く効いてしまう。咄嗟に組みついて身体を入れ替え金網際から脱出する。追いかけてきたジョセフの攻撃をガードを下げてバックステップでかわし、フリッカー気味のジャブを当てて——いや、忘れていた。左のジャブは使えない。ジャブに頼らない闘い方を模索して試行錯誤しているのに、油断するとつい左を出そうとしてしまう。

互いに一呼吸入れて仕切り直したのも束の間、ジョセフがローキックを放つ。先程のハイといい、ジョセフの蹴り技の進歩は目覚ましい。このローキックも足先が鞭のように走り、防御するのは容易ではない。だが繰り出すタイミングが安易すぎた。ぼくはこういう不用意なローキックには必ずカウンターのタックルを合わせられる。膝が完治してからはタックルに躊躇はない。ジョセフが蹴り足を戻すより早くテイクダウンを取ると、相手の意表をついて足関節を取りに行く。互いに不慣れな攻防が数秒続いた後、ジョセフがタップする。これが試合なら彼ももっと粘っただろうが、何も一日が始まったばかりのこの時間帯に無理して怪我をすることはない。

「やられたよ。やっぱり足関節は上手く使えるようになると強力な武器になるね」

「ああ、極めるコツがかなり摑めてきた」

この時間のスパーリングは、防具は着けないが力は二人とも七割くらいしか入れないでやるようにしていた。それで互いに普段あまり出さない技を意識して使うようにする。今の世界では肉体の状態が一日でリセットされるから、フィジカルを強くすることができない。強くなるためには技の数を増やし、それを使える精度にしなければならない。

「今日のテーマはどうする?」

いつものようにジョセフに尋ねる。

「繰り返しになるけど、多彩な技で相手の意表を突くこと。変則的な蹴りを上手く当てること」

「じゃあぼくも昨日と同じになるが、上下に散らされる攻撃を後ろに下がらずディフェンスすること。それからジャブの代わりに速いインローキックを多用すること」

そうして二度目のスパーを始める。今度はさっきより身体がほぐれてよく動ける。三ラウンド圧力をかけ続けた結果ジョセフのスタミナが切れかけているのがわかるが、疲労が限界に達したときにどう闘うかの訓練になるから、あえてそのまま続ける。ジョセフはなんとか四ラウンドまで耐えしのぐ。いくらウォームアップさえしていない状態とはいえ、彼ほどの若い選手がぼくとここまで闘えるのは驚異的だ。

彼の才能ならいつかは世界のベルトにも手が届くはずだ。「いつか」が奪われてしまったこの世界でなければ。

二分だけ休憩してから、ミットを持ってジョセフに打たせる。疲労が濃い状態でもガードを下げずに打撃を打つように意識させるためだ。終わったらジョセフが休憩している間にひたすらバッグを打って息切れした後、逆にミットを持ってもらう。力まず、脱力して速い打撃。ガードをおろそかにせずに。予備動作（モーション）の少ないインローキックに右ストレート。至近距離で左の肘を横から、斜め上からコンパクトに。そして飛び込みながらの左の縦肘も。

　電話の音が鳴り響いたのはその練習を終えて小休止していたときだった。事務室の固定電話はジムワークの喧騒（けんそう）に負けない大音量を響かせる。今の世界でジムの電話を鳴らす奇特な人間には一人しか心当たりがない。ジョセフが隣の事務室に走っていく。

「ブラウン社長、どうしました」

　受話器を取り上げると同時にジョセフが聞く。

「——ええ、ジェラールですか？」

　ジョセフがこちらに一瞥（いちべつ）をくれたのでぼくは首を振る。

「彼ならもう帰りましたよ。特別ルールの試合には相変わらず出る気がないそうです」

　通話を終えた彼が戻ってくる。その表情は何か言いたげだ。

「君もぼくに出てほしいと思うか」

「正直、外野があれこれ言うのを黙らせてほしいって気持ちはあるよ」

　しばらく前から、ネット上でぼくのことを臆病者呼ばわりする声が大きくなっているのは知っていた。

「君はこの仕事が、このスポーツが好きかい」

「世界がこんなになって、好きでもないことで汗を流すほどマゾじゃない」

「ぼくもこれが好きだ。練習はきついが、ケージに入って闘うのが好きだ。老後の貯金の心配がなくても——まあ最近はその種の心配は誰もしなくなっただろうが——やっぱり試合をしたいと思うだろう」

ジョセフは真顔で頷く。彼もぼくも、あまりユーモアがある方じゃないのだろう。

「だからこそ、あんな興行には出たくない。あれはぼくが愛する総合格闘技じゃない」

ジョセフは何も言わなかったが、納得したわけでないのは明らかだった。

まだ疲労した状態からのディフェンス練習が残っていたが、口に出さずともお互い今日はもうやる気がなくなってしまったことはわかった。明日ループの「終点」前の時刻に来てスパーリングをする約束をして帰路に着いた。ジムの戸締まりはしない。何を盗まれようと荒らされようと、どうせ明日の昼過ぎには元どおりだ。

帰宅してナショナルジオグラフィックのテレビ番組を配信で見ながらホットケーキを焼いた。メープルシロップの瓶を傾けてホットケーキが乗った皿に注ぐと、いつも幼少期が懐かしく思い出される。もちろんその頃は瓶から直接注ぐなんて真似はしなかった。子供のぼくはシロップをすくったスプーンから細い金色の流れが途切れるのを待ち、素早く皿の上に移動させる——上手くいけば瓶の縁を汚すことはない。傾けたスプーンからゆっくりと落ちる金の滝が、きつね色のホットケーキの表面を滑っていく。ナイフで切って口に含むと、芳醇な甘さが口に広がる。

長い月日を経て、今ぼくがフォークを刺して丸かじりするホットケーキは、メープルシロップをかけたというよりも浸したといった感じで、水を含んだスポンジのように舌で押すとシロップが溢れる。甘美な味を堪能しつつも、やりすぎたとも感じる。これでは生地の食感が台無しだ。

こんな甘ったるいものを好きなだけ食べることなんて引退するまでないと思っていた。ぼくは減量をそれほど苦にしていない方だったが、それは普段から節制して体重が増えすぎないように気を配っているからだ。経験上急な減量はコンディションを落とすので、ウェルター級の一七〇ポンド――七七・一キロの計量を無理なくパスするために、重いときでも八五キロを超えることのないよう心掛けている。だから世界が元に戻った暁には、この自由な食生活ときっぱり訣別しなければならないだろう。

しかし、世界に再び明日が来るなんてことがあるのだろうか。

食べ終わった皿をシンクに放り出して、一番近いスケートリンクの「日替わり」スケジュールを調べる。有志の人が、リンクを時間別でアイスホッケーやスケートに使えるよう今日（の昼過ぎから明日の昼まで）と明日（の昼過ぎから明後日の昼まで）の時間割を作って公開していた。以前のぼくは練習と試合以外で怪我をしては困るからと、スケート靴など何年も履いていていなかった。

ちょうど今日の夕方はスケート遊びに開放されているらしい。今から出かけて数年ぶりに滑ってみようか。アイスホッケーをやっている人たちに混ぜてもらいたいところだが、今のぼくは子供の頃のようにスティックを扱えない……そんなことを考えていると、家の外で急ブレーキの音が甲高く響いた。気になって外を覗いたぼくは、呆れてため息をついた。

急停止したBMW・i8から颯爽と降りてきたスキンヘッドの男を見てぼくは、全米最大の格闘技団体を運営する会社の社長であっても、プラグインハイブリッド車で地球環境への配慮をアピールしなければいけないものなのかと、そんなどうでもいいことを考えていた。

「ブラウン社長、わざわざ国境を越えて来たんですか」

会社の本部はラスベガスにあるが、社長自身はたまたまこの日ニューヨークにいた。ここモントリオールまでその日のうちに車で来ることは可能だが、それにしても早すぎる。

「おう、ニューヨークからここまで四時間半で来れたぞ。二回事故で死にそうになったがな」

およそ六〇〇キロメートルの距離。ぼくがジムまで飛ばすのとはわけが違う。

「さて、苦労して来たんだ。話くらい聞いてくれるだろうな」

「もちろん聞きますよ。返事は変わりませんが」

リビングに通した社長に、ビールを注いだグラスを渡す。飲酒運転をいちいち咎める者は今の世界にはいない。社長はグラスを一息で飲み干す。

「ふう。一日が繰り返されるってのも悪いことばかりじゃない。こうして飲み干したビールも、明日には元どおり。この世界ではあらかじめ持っていたものが減るということがない」

同じようにどんな怪我をしても次の日には元どおり。減るもんじゃないから大丈夫、などと言いだすのではないかと思ったが、多くのファイターたちと接してきたブラウン社長はさすがにそんな無神経な説得はしなかった。

「もっといい酒があればよかったんですが、普段そんなに飲まないんで」

「いいさ。元々持っていないものは毎日新たに手に入れなければいけない。当然だな。ところでジェラール、銃は持ってるか？」

「銃？」思わぬ質問だった。「まさか。持とうと思ったこともない」

「私は持ってる。まあ持ち歩くようになったのは世界がこうなってからだが」

アメリカは銃社会と言われているが、常に銃を携帯する人の割合はそれほど多くないとも聞く。ブラウン社長のようにただ家に置いているだけという人は多いだろう。

「だがあんなものは、先に暴漢に銃を突きつけられては何の役にも立たないな。私はこの三か月で二度眉間に銃口を当てられたよ。『おいブラウンだな、てめえもっといいカードを組みやがれ』と見ず知らずの男に罵倒されたよ。二度とも双子かというくらい同じようなことを言って、同じように拳銃を振り回していた。幸い撃たれはしなかったが……生きた心地がしなかったな、あれは。まあ仮に額をぶち抜かれたところでまた次の一日が始まるだけなんだがね」

「お互い顔が売れてると大変ですね」

「君はどうだ？　物騒な目に遭ったことは？」

「実はぼくも二回、銃を向けられた」

「本当か⁉」

「武器を使ってでもチャンピオンを倒してみたかったらしい。二人ともそんなようなことを口走ってた」

「殺る気満々か！　で、どうなった」

「一人目は正面から歩いてきて、近距離で銃を頭に向けてきました。それで色々喚くんだが、すぐに撃たなかったってことはきっと躊躇ったんでしょうね。説得しようかとも思ったけど、下手に刺激するより取り押さえた方が安全だと思ったんで……」

「銃を持つ手を摑んで奪い取った？」

「いえ、テイクダウンしました。低くタックルに行けば、相手の視界から完全に消えるから。地面に叩きつけられるまで素人には何が起こったかもわからない。相手が呆然としている間に拳銃を奪い取っておしまいです」

「それでその男をどうしたね」

「どうもしません。他には武器を持っていなかったようなので、そのまま離れましたよ。痛めつけたり、まして銃で撃ったりしてどうするんです。次の日には生き返る彼に、復讐の種を植え付けるだけだ」

「なるほどね。二人目はどんな奴だった？」

「いきなり肩に衝撃が走って、振り向いたら拳銃を構えている奴がいたんです。そいつは更に二発、三発と撃ってきて、そのとき初めて自分が肩を撃たれたということを理解しました。後で見ると外側の方の肉を抉っているだけで、かすり傷と言ってもいいくらいのものだったけど、撃たれたとわかると急に痛みが襲ってきて、命にかかわる傷のように感じましたよ」

「どうやって反撃したんだ？」

「いや、走って逃げましたよ」

「えっ、だが相手は銃を……」

「歩いてる相手に後ろから撃って外すような奴が、走る的に当てられるはずない。――と自分に言い聞かせて、相手から見て真っ直ぐの方向に走らないことだけ気を付けて逃げたんです。奴は喚き散らしながら追いかけてきたが、撃った弾はどれもかすりもしませんでしたよ」

「なんというか、さすがに冷静だな。そうじゃなきゃケージの中では生き残れないか」

「パニックに陥ると、必ず痛い目に遭うものです」

「全くだ。個人もそうだし、集団も……」

　ブラウン社長はそこで言葉を切った。世界が最も混乱していた時期を思い出しているのではないか。饒舌な彼に似合わない沈黙と悲痛な表情を、この後ぼくを説得するための演技だとは思わない。あの頃は誰もが人間という生物の醜さをまざまざと見せつけられた。当時まだループーになっていなかった人は、あの頃の記憶がないという意味ではむしろ幸せだ。

「ひどい時代だったな。まあそう昔のことでもないが」

遠い過去を懐かしむような彼の口調にぼくは思わず苦笑した。

「まだ九十周も経ってないでしょう」

一説には社会が完全に無秩序状態になったのはループーが三〇パーセントを超えた頃かららしい。ループしている人間の中で倫理のタガが外れてしまった人間がどれほどいるのか、それらを調査し正確な統計を取るのは不可能に近い（紙やコンピューターに数値を記録しておくことができないから尚更困難を極める）が、それらは社会の秩序を破壊するのには十分な数だったということは確かだ。

人間の記憶以外は全てが一日でリセットされる世界——実質どんな犯罪に手を染めても翌日には自由の身になれる世界。人間の獣性が解き放たれ、本性が露わになる新世界。悲鳴が街を覆い尽くすことを予想できない者は、性善説の信奉者ではなくただの馬鹿だろう。

「我々があの時代を終わらせたなどと自惚れているわけじゃない」

「ええ」

「だがあの混乱の時期から今の穏やかな世の中への過渡期に、一定の役割を果たしたとは思ってる。君もそこは同意してくれるだろう」

　素直に首肯した。ブラウン社長がこの新世界で始めた興行は、ぼくら格闘家だけでなく世間からも概(おおむ)ね歓迎されたし、治安改善に貢献していると評価されていた。どうも元々総合格闘技を野蛮だと非難していたような人たちはかえって嫌悪感を募らせただけだったようだが、ブラウン社長もそこは諦(あきら)めていただろう。

「しつこいようだが、ガス抜きが必要だったんだ。イカれた奴を逮捕しても次の日には檻(おり)の外。レイプ魔を私刑(リンチ)で叩き殺そうが正当防衛で射殺しようが一日経てば生き返る。善良な市民の神経が参ってしまうよ。みんなが自衛や反撃のことばかり考えるようになって、銃の安全装置(セーフティ)の外し方を再確認し、自室で耳栓をして射撃訓練。弾切れに備えてガレージから武器になりそうな工具を取って来て並べて、どれが侵入者の頭をかち割るのに振り回しやすい重さか比べる。――みんなの暴力衝動を、誰かが平和的に発散させてやらなけりゃならなかった」

「わかりますよ、平和的かどうかは大いに疑問ですが」

「そこは訂正してもいい。平和的な方法での解決などあの頃は……いや、今だって望めない。大衆は血を見たがっているんだ。そして大衆は飽きっぽい」

　さて、いよいよ本題だ。前置きが長かったが、それだけ社長も必死なのだ。

「彼らは王者が特別ルールで試合するのを見たがってる」

「特別ルール？　あれが総合格闘技のルールと言えますか」

「ＯＦＧは着用するし、金的と目突き、噛みつきに髪を掴むのも禁止だ。最後のは我々にはあまり関係ないが」

　ブラウン社長のスキンヘッドが照明を反射して輝いた。それを無視して反論する。

「しかし頭突きも、後頭部への打撃もありなんでしょう。それだけで全く別の競技になるといっても過言じゃない。極めつけが、前日計量ができないのをいいことに階級も適当にして、二、三〇ポンドの体重差の試合が当たり前。こんなのは競技とも言えない。おまけにレフェリーが試合を止める権利を持たないせいで、既に七人、試合直後に死亡したそうですね」

「ああ。翌周には生き返るとはいえ実に痛ましい。それらの試合に出てたのはみんなうちの選手じゃなく、よそから呼んだ二流の選手だが、それは言い訳にはならないだろうな」

「相手の意識がなくなっているのをわかってて絞めを解かなかったり、拳を落とし続けるなんて、アスリートのやることじゃない。でも大衆とやらはそれを見てエキサイトしてるんでしょう。ぼくはコロッセウムの剣闘士になって古代ローマ時代まで倫理観が退化した連中の前で見世物になる気はない」

「そんな観客ばかりじゃない！　昔からのファンだって大勢いるさ！　君をケージで見たがってるのはむしろそういうファンたちの方だよ。事故のリハビリを終えて復帰するはずだった君の勇姿を見たがってるのさ」

「ならいつものルールで試合をやりましょう。体重が合わないのはある程度仕方ない。普段ウェルター、何ならミドルの試合に出てる選手で会場に来れる相手がいるなら、誰の挑戦でも受けましょう」

この提案は既に何度もしているから、どんな答えが返ってくるのかもわかっていた。

「ジェラール、申し出はありがたいが、やはりそれは得策じゃないと思う」

「昔からのファンならウェルター級タイトルマッチは見たいと思いますが。それにあの事故の後のぼくがどれだけやれるのか興味があるでしょう」

「オーケー、認めよう。本当は由緒正しい格闘技マニアより、単に血まみれの闘いを見物したい人間の方がずっと多い。彼らの目には、たとえ君が出場しても通常のスポーツとしての総合格闘技の試合は退屈に映るだろう」

ブラウン社長の言葉に他意はないのだろうが、ぼくはどうしてもそこに裏の意味がないのか勘ぐってしまう。この二年ほど、王者として防衛を重ねるうち判定での決着が増えていき、一部でぼくの試合が堅実すぎてつまらないと批判されているのは知っている。

「それに特別ルールの凄惨（せいさん）な試合は血に飢えた大衆を満足させるだけじゃない。彼らに暴力の痛みをリアルに想像させることができるんだ。いくら生き返れるといっても、誰だって痛い思いはしたくないだろう？　互いに殴り合って血を流す男たちの姿を見ることで、軽々と暴力を振るうのを思いとどまらせることができる。少なくとも私はそう思ってる」

確かに一定の抑止力にはなっているのかもしれない。巷では何度もリンチで殺されながらも悔い改めずに犯行を繰り返す強姦魔や殺人鬼も現れている。自分が暴力を受ける側に回ることを想像して、その時点で犯行を思いとどまっていれば生まれることのなかった怪物どもだ。凄惨な試合の光景に、観客がそういう凶悪犯になるのを踏みとどまらせる効果が少しでもあるなら、確かに意義はある。

「それにしばらく特別ルールの興行だけを行ってきた中で、突然君の試合を普通のルールでやったら、他の選手も納得しないいんじゃないかと思うね。大事故に遭って以前のようには闘えなくなったとはいえ、彼らは君が特別扱いされてると感じるだろう。俺たちが命がけの闘いをしている中で、あいつだけは以前のルールで守られていると」

否定のしようがなかった。ただでさえチャンピオンという立場はやっかみを受けやすい。

「けどそれなら――もう昔のようなルールの試合は、いつまでもできないことになる」

この世界が元どおり、時間の秩序を取り戻すまで。

「私は希望を捨てちゃいない。世界は――少なくとも北米や西欧、日本は混乱期を抜け出て、ある程度安定した秩序が戻ってきてる。これらの国がもっと平和になれば、昔のような興行を各地で行うこともできると思ってる。だが今はまだその時期じゃない」

「しばらくはまともな試合はさせてもらえないと」

「かなり長い間な。いずれその時期が来ても、世界が一番大変だったときに闘おうとしなかった者には、列の後ろに並んでもらうしかないだろう。でなきゃ過酷なルールで闘った選手も、客も納得しないだろう」

ぼくは急な疲労感に襲われた。全てをこの競技にかけて、ようやく頂点を摑んだ挙句の果てが、この待遇とは。

「あなたも、ぼくが怖がって試合を受けないと思ってるんですか」

目を伏せたのが答えの代わりになった。

「……それ自体は恥ずべきことじゃない」

「ブラウン社長、確かに全く怖くないと言えば嘘になる。けど何度も言ってるように、ぼくが特別ルールを認めない理由は、それがぼくの愛する格闘技の姿と違うからです。ぼくはいじめられてた子供時代に格闘技と出会いました。強くなっていじめっ子たちに仕返ししたいと思ってた。でもそこで師に教えられた。手に入れた力をむやみに振るえば、自分はいじめた奴らと同じになってしまうと。格闘技とただの暴力は違うのだと。理想論かもしれませんが、ぼくはその教えを胸に刻んで今までやってきた」

「特別ルールはただの暴力だと？　だがこうは考えられないか？　総合格闘技の成り立ちを見ればそもそもがノールールに、つまり実戦に近い形の闘いから始まったものだ。我々の興行だって最初期の頃は頭突きが認められていた。そこから徐々にルールが整備されてスポーツ化して今に至るわけだが……頭突きのような危険な攻撃の選択肢が増えることは、総合格闘技の本来の理念にむしろ回帰してるとも言える」

「四半世紀も前の話だ。やっと競技レベルが上がってスポーツとして人気を確立したものを、あの頃に戻してしまうんですか。社長、ぼくが心配してるのはね、過激化したルールがやがて飽きられてしまったら、より過激な方向に歯止めがきかなくなるんじゃないかってことです。最近、武器の使用さえ認められた地下格闘技が世界中で開催されてるって噂がありますね。道を間違えれば、我々だってああいう連中と同じになってしまうかもしれない」

「そりゃあ私だって危惧してることさ。だから飽きられないように、君に出場してはしいのさ」

ぼくは深くため息をついた。どこまで行っても平行線らしい。

「仮に、もしぼくが出ると言ったら、相手は誰を」

衆目を集める対戦カードを既に画策しているはずだ。まさかジョセフとの同門対決などと言いだしはしないかと身構えたが、社長の口から出たのはそれよりずっと意外な名前だった。

「交渉してるのは、イワン・ナボコフだ」

耳を疑った。その名前が対戦相手の候補として挙がるなど、本来ありえないことだった。

「彼はヘビー級だ。減量中じゃない今のぼくともおそらく四〇ポンドは目方が違う」

「だが既に現役を退いてる。それにヘビー級ではかなり小柄な方だったから、リーチは君と変わらんよ」

「しかしパワーの差は歴然でしょう。一階級の違いでも高い壁です。その壁が三枚。飛び越えようとするのは勇気じゃなく無謀だ」

「そのとおりだ。だからこそナボコフとの試合を受けた時点で、君の名声はより高まる。おまけに怪我からの復帰戦。前代未聞のストーリーだ。負けても決して評価は落とさない」

確かに、ルールが違っても他のウェルター級の選手に負けることがあれば、どうしても選手としての価値に傷がつくことになる。

「ここ数年、こんな盛り上がるカードがあったか？　ヘビー級史上最も偉大な選手、〝吹雪(ブリザード)〟とウェルター級の絶対王者〝息もできない(ブレスレス)〟。世界中の格闘技ファン垂涎のビッグマッチだろ」

勝手なことを言って盛り上がっている。だが驚きが収まると、ぼくの中に自分でも意外な思いが浮かび上がってきた。

氷帝イワンと拳(こぶし)を交えてみたいという、熱い滾(たぎ)りだった。

「……少し考えさせてもらっていいでしょうか」

社長の熱に当てられたか。一人になって頭を冷やした方がよさそうだ。

「いい返事を期待してるよ」

そう言うと社長は立ち上がった。玄関まで見送る。

「この辺に昼まで時間を潰(つぶ)せるような、何かおもしろいものはないかね。どうせ昼には勝手にニューヨークに戻ってるんだ。わざわざ車で帰るまでもない」

この質問に関しては、いい答えを期待してはいなかっただろう。何かおもしろいものと言われても、何も紹介するものが思いつかなかった。

「まあ何もないよなあ。……いっそ、残りの十七時間でどこまで北に行けるか試してみるかな」

社長は車に乗り込むと、猛スピードで夜の闇へ消えていった。


睡眠を取らなくても翌日昼過ぎのループの時間になれば疲労は回復するわけだが、ぼくはその時間が来る前の午前中にジョセフと全力の、大怪我をしても構わないスパーリングをするのでしっかりと寝ておかなければならない。

とはいっても、別にジョセフと約束していない日の夜だろうと睡眠は必ず取っている。いつまでループが続くか定かでない世界で、睡眠の欲求に逆らってまで一日の時間を長く使うこともないだろう。それにもうずっと前から、ループで体力が回復しても睡眠を取らなければ記憶力や判断力の低下という自覚症状が出ることが広く知られていた。

これは一見不合理に感じられるが、そもそもこの異常な世界で、ぼくら人間の記憶だけが時間の輪から抜け出せていることの方が不合理だろう。それはつまり何らかの理由で人間の脳だけがループの影響を受けないということなのだろうか。だとしたら脳を休ませるために睡眠が必要というのは頷ける。

数年前にナショナルジオグラフィックのテレビ番組か何かで「睡眠の科学」という回を見た記憶がある。それによると人の脳は睡眠中に一日の記憶を整理するということだった。もし脳がループの影響を受けないというなら、睡眠をしっかり取らなければ記憶が定着しないということになるはずだ。

こうしたことは、例えば被験者を眠らせずに一周目、二周目、三周目と脳のMRIでも撮れば何らかの事実が見えてくると思うのだが、どこかでそういう研究を行っているという話は聞いたことがない。それとも研究は行われているが発表する価値のある研究結果がまだ出ていないのか、或いは世間を揺るがすような何かが実は発見されているが公式の発表を控えているのか。

そんな妄想をつらつらと重ねながら今日も深い眠りにつく。


翌朝、ニュースをチェックしてハリウッドのアクション映画を観てからジムへ向かう。

昨日の件を考えたかったので、ジョセフとすぐにスパーリングをする気が起こらなかった。サンドバッグを軽く叩く。

前からわかっていたことだった。社長が以前のような興行を復活させるのに前向きでないのは。だからぼくは毎日の練習中、こんなふうに技を磨いても試合に出られることはないのかもしれないと、半ば諦めながらやっているつもりでいた。だがそれは自分をごまかしていただけだった。試合がしたい。自分を打ち倒そうとする相手とケージに放り込まれ、肌がひりつくような緊張感の中で真剣勝負がしたい。

「ジェラール、ちょっと頼みがあるんだ」

隣でバッグを打っていたジョセフが動きを止めて話しかけてきた。横目で見ていると、彼も今日はぼくと同じようにあまり練習に身が入っていないようだった。

「俺と、本気で闘ってほしい」

ぼくは彼の発言の真意がわからず、戸惑った。

「この時間のスパーで手加減したことはないよ」

「違う。そうじゃない。実戦であんたと勝負したいんだ」

意外な言葉にたじろいだ。

「突然何を言い出すんだ。実戦？　喧嘩ってことか？」

「正確には例の特別ルールで構わない。目突きなんてする気になれないし、タマを蹴りあげるのもごめんだ。どっちも丸腰の人間相手に使う技じゃない。けどグローブはなしだ。裸拳で打ち合う」

「待ってくれ。なぜそんなことをする必要がある？」

「自分の強さを知りたい」

「それはいつものスパーでわかるだろ?」

「それでわかるのはルールの中での強さだ。俺は実戦で、自分がどれだけやれるのか知りたいんだ」

「ジョセフ、ストリートファイトでどう戦うかってことなら、もちろんぼくだって考えたことはある」

ルールなしでは闘争の形はどう変わるか。そしてそのとき一番強いのは誰か。格闘家なら誰だって一度は考える。特に喧嘩で最強は誰かという問いは、格闘家でなくとも多くの男が答えを求めたがる。

「だけど結局は、そんなことは考えるだけ無駄だって答えに辿(たど)り着くんだ。実戦とやらで一番強いってことが、最も偉大なファイターだということと同義だと思うのは間違いだ。ノールールってのは突き詰めると、何というか……キリがないよ。武器の使用だけを禁止して、その他は何でもありっていうのは、結局は卑怯(ひきょう)な手を躊躇なく使える奴が有利になるだけだ。ぼくには、それがルールの整備された試合よりも真の強者を決めるのに相応(ふさわ)しいとは思えない」

「ジェラール、あんたの言うとおりだよ。でも俺は、ただ知りたいだけなんだ。誰が最強かじゃない。俺がどれだけ強いかを。純粋な闘争で、自分がどれだけやれるのかを。あんたは知りたいと思わないのかよ」

知りたくないはずがなかった。

いじめられていた少年時代に、強くなりたいと空手の道場の門を叩いたのがこの世界へ入るきっかけで、あれからもう四半世紀近い歳月が流れた。その月日はちょうど総合格闘技という競技の隆盛の時代と重なる。それだけの時間を、強くなりたいと思いながら過ごしてきた。いつだって知りたかったに決まっている。自分がどれだけ強いのか。

「ジョセフ、前にも言ったがぼくはそもそも同門対決自体するべきじゃないと思ってる。どちらかの経歴に黒星が付くことになるし、それに試合が終わればノーサイド、わだかまりを残さないって理想どおりにはなかなかいかないことも選手にはあるからだ」

言い返そうとするジョセフを手を挙げて制し、ぼくは続けた。

「けどこれは公式の試合じゃないし、この場にはぼくら二人しかいないからジムメイトの目を気にする必要もない。あとの問題は一つだけ。今から三時間後、次の一日が来て、全ての怪我が元どおりになったとき、一切の遺恨を残してないと誓えるか？」

ジョセフは喜色満面で頷いた。

「ああ、神に誓うよ」

「よし、十五分後に始めよう。金的、目突きと噛みつき以外は全てありだ」

十五分間をストレッチとアップ、そして未知のルールに関するイメージトレーニングに費やした後、ぼくはケージの真ん中に立った。向かい合うジョセフと目を合わせる。この空間にはぼくらだけがいる。当然レフェリーもいない。だがレフェリーや観客がいようと、結局のところケージがある空間には試合をする二人しか存在しないのかもしれない。力を合わせて闘っているはずのセコンドでさえ立ち入れない、闘っている両者だけの領域というものが、確かに存在する。

　互いに離れて、セットした時計がブザーを鳴らすのを待つ。五分三ラウンド、インターバル一分で時計をセットしておいたが、ぼくはこの闘いに二ラウンド以降があるとは思っていない。おそらく相手もそう感じているはずだ。

　ブザーが鳴る。ぼくも相手もケージの中央に近づくと、慎重に距離を測る。既にタックルの間合いに入っているからだ。このルールではテイクダウンに成功して上になれるメリットも、失敗してタックルを切られた体勢になるデメリットも常より大きくなる。相手はいきなりハイリスクハイリターンの賭けに出ることはなく、鋭いジャブを突いてくる。想定していたとおりだ。このルールでも左で距離を制することの重要性は大きい。散々練習してきたサウスポースタイルにスイッチしてこちらも右ジャブを突く。軽く相手の顔を捉える。ともすれば裸拳で人の顔面を打つ感触にひるみそうになるが、真剣勝負の緊張感はぼくに畏縮することを許さない。

　相手はテイクダウンを警戒して、蹴りの種類は限定してくるはずだ。最も警戒すべきは長身から繰り出される、伸びのある打ち下ろし気味のストレートと、一撃で意識を断ち切れるハイキックだ。それを防ごうと接近すれば、肘打ち、或いはぼくが未だ経験したことのない頭突きが待ち構えているかもしれない。

　テイクダウンを狙える隙を見せるまで、待ちに徹した方が安全かもしれない。だがジョセフは自分の強さを知りたいと言った。そしてぼくも同じ気持ちだったからこうして拳を交わしている。相手のミスを待つような闘い方ではそれがわからないような気がした。自分から攻め続け、相手に息つく暇さえ与えず、倒す。それがウェルター級チャンピオン〝ブレスレス〟の真骨頂だったはずだ。

　左ミドルを蹴る。相手は下がりながらガードする。ぼくは蹴り足をそのまま前に下ろしてサウスポーからオーソドックスの構えに戻すと、右ローキックを蹴るフェイントを見せて右ストレートを打ち込む。このスーパーマンパンチをもらった相手は一歩後退する。前進して左の縦肘を繰り出すがやや距離が遠かった。逆に相手が返してきた肘がぼくの顔面をかすめる。スリッピング・アウェーでの回避が間に合わなければ鼻が曲がっていたかもしれない。

　相手が不意に顔をのけ反らせた。この至近距離で上体を起こしたということは頭突きのための振りかぶりか？　ぼくは頭を下げて組み付こうとした。タックルには近すぎる距離だったが、上体をのけ反らせた相手なら組み付けばテイクダウンするのは難しくない。だがそのときみぞおちに重い衝撃が食い込んだ。膝蹴りだ。近い距離のせいで相手の下半身への注意が疎かになっていた。頭突きがあることを意識しすぎてしまった。

だがここで動きを止めはしない。そのまま前に出て組み付く。だが既にその動きを予想していた相手は簡単には倒されない。常ならそこからレスリングの攻防を制してテイクダウンするために粘るところだが、すぐに相手を突き放して距離を取った。頭を相手の胸の辺りに当てて押し込んでいた今の体勢では、相手はぼくの後頭部に肘を振り下ろすことができる。タックルを切られた場合も、同じように後頭部を相手に晒すことになるからそこを攻撃される可能性は高い。あらゆる格闘技で攻撃を禁止されている後頭部に上から肘を落とされれば、深刻なダメージを負うことになるだろう。

一瞬二人が見合った瞬間を逃さず、相手のハイキックが襲い掛かる。ガードは間に合ったが、やや上体を浮かされたせいでカウンターのタックルに行けない。相手は臆せず自信を持って強い蹴りを打ち込んできている。これに怯んでいては押される。

タックルのフェイントを見せると、膝蹴りを合わせてくる。今のがフェイントでなければもろに食らっていたかもしれない。思い切りとタイミングの良さに舌を巻く。だがガードが少し下がったのをぼくは見逃さなかった。飛び込んで速い右ストレートを当て、更にインローキックで体勢を崩す。そこにすかさずタックル。バランスが崩れていた相手の両足があっさりマットから離れる。

テイクダウンには成功したが、さすがに簡単にマウントやサイドポジションは取らせてくれない。片方の脚が捕らわれた状態のハーフガードポジション。だがこれで十分強力な打撃は使える。特にこのルールなら。

　ぼくは頭を振りかぶる。相手は頭突きを防ぐため両腕でガードを固める。だがそれこそぼくの狙いどおりだった。その前腕を目がけて、肘を打ち下ろす。折り畳んだ肘の先端を突き刺すように落とすのは本来反則行為だが、特別ルールでは当然許されている。鍛えられた腕で防ごうにも、硬い肘を何度も振り下ろされれば耐えられるものではない。不慣れな「落とす・刺す肘」の合間に、単調にならないよう通常の「振る・斬る肘」を混ぜてガードの隙間から当てていく。容赦なく腕にも頭部にもダメージを蓄積させ、相手に疲労の色が見えたところでこちらも一息つく。わざと隙を見せてやる。すると相手はこれ以上の攻撃を防ごうとぼくの手首と前腕を摑んできた。狙いどおり。覚悟を済ませていたぼくは、野蛮で無慈悲な一撃――頭突きをがら空きになった相手の顔面に振り下ろした。額に柔らかい鼻と硬い前歯の不快な感触があり、それによって初めて放った頭突きの威力を実感する。

　くぐもった声がわずかに聞こえたとき、振り上げた頭を再び叩きつけることに躊躇した。だが手心を加えるのはジョセフの覚悟への侮辱になる。再度自分に言い聞かせ、二発目、三発目の頭突きを放った。たった三回でその新たな攻撃手段の有用性が知れた。頭とは、拳よりもはるかに硬く重い鈍器だ。そして人間の顔面は鈍器に耐えられるようにはできていない。鼻が折れたのだろう。摑んだジョセフの手から残った力も抜けていき、決着がついたことがわかった。

立ち上がって少し離れた所に腰を下ろす。ジョセフは潔く敗北を認めたようで、上体を起こして顔を下に向け、鼻血が流れるに任せていた。

「やっぱり……好きになれないな」

ぼくが呟くと、彼も目を伏せたまま一言漏らした。

「……そう言うと思ったよ」


試合当日はジョセフがニューヨークまで送ってくれた。普段小型の乗用車に乗っている彼はぼくのコルベットを運転したがった。ブラウン社長が四時間半で着いたなら俺は四時間で行ってみせると息巻いていたが、せめて六、七時間はかけて常識的な速度で向かってくれるよう頼んだ。事故を起こしたらスペシャルマッチを翌周に延期することもできるが、慣れない他人の車を馬鹿げたスピードで走らせている若者の横でリラックスできる人間は少ないだろう。

会場に着くと、最初の試合まで時間があるにもかかわらず既に観客席は半分以上埋まっていた。代金が無料で、しかも余暇の時間が有り余っているとはいえ、生中継放送があるのに会場まで足を運んでくれるファンはありがたい存在だ。

試合が決まった後のＳＮＳにはファンから多くのメッセージが集まった。その中でも印象深かったものをふと思い出す。

ぼくと同じように、かつていじめを受けていたという青年からのメッセージだった。そこには昔ぼくが出した本にある言葉が書かれていた。

「自分をいじめた人間を見返したいなら、真っ直ぐないい人間になれ。強くて優しいナイスガイになれ。暴力でやり返すんじゃない。お前に尊厳を傷つけられても、俺は自分を誇れる人間になったと見せつけてやれ」

彼はこの言葉に励まされ、いじめで受けた心の傷を克服し、教師の道に進んだそうだ。今でもぼくの挑戦に勇気をもらっているとも書いてくれていた。発信元は日本だったが、「Meissen“Joker”」というアカウント名だったからもしかしたらドイツ語の教師かもしれない。

一足先に駆けつけてくれていたセコンド陣（みんなスピード狂だったのか？）とは久しぶりに顔を合わせた。その中には特別ルールを自身で経験した選手もいる。頼もしいことこの上ない。

それでも募る不安は止められない。特別ルール。ヘビー級のパワー。伝説の元チャンプ。そして事故で失われたもの。未経験のことばかりが待っている。だが恐怖に呑まれれば勝利は遠ざかる一方だ。

それに湧き上がるのはネガティヴな感情ばかりではない。確かな高揚が身体の内を駆け巡るのを感じていた。逃げ出したい気持ちはゼロではない。だがそれ以上にぼくは、試合の時を待ち望んでいる。

ウォームアップの間、イメージトレーニングを邪魔してぼくの思考を逸らすのは、ある一つのテーマだった。格闘家なら必ず誰もが考えるが、思い悩むべきではないテーマ。突き詰めても得になることはない問題。

階級の垣根を取っ払ったとき、全盛期の自分は世界で何番目に強かったのか。

全米一の総合格闘技の興行で王座に君臨し続けたというのは、その階級で最高の格闘家であったことの証明だと言ってもいい。だがぼくのウェルター級は前日計量で一七〇ポンド以下と決まっている。二〇五ポンド以上のヘビー級の大男たち、ましてやそのうちのトップ選手には到底太刀打ちできない。

自分の体格では、世界で一番強い男には絶対になれない。

普段の体重が一〇〇キロを超える大男以外に、ほとんど例外なく突きつけられる非情な現実。

考え始めるとキリがない。ヘビー級やライトヘビー級のトップランカーには到底勝ち目がないのはわかる。では十位以下の選手なら？　或いはウェルターの一つ上のミドル級のトップランカーなら？

もしかして自分は、無差別級ならトップ五十や百にも入らない可能性があるのか？

こんなことは考えるだけ無駄だ。ましてや直後に試合を控えているときには。

それに格闘技は同じ体重の者同士で試合をするというルールがあるからこそ、技術で差を付ける競技になり、安全面も向上した。階級制が存在しなければ体格の小さい者はプレイヤーになるのが難しくなり、危険性の高さからも競技人口が増えなかったことは想像に難くない。それは競技レベルの停滞に直結する。階級制があるからこそ格闘技はスポーツとして今の地位を築くことができたのだ。

だが人はどうしても階級の違う選手を比べたがる。階級の壁を取り払って選手を比較する試みとしては、もし全ての選手の体格が同じだったら誰が強いのかという、ＰＦＰ（パウンド・フォー・パウンド）というある種の思考実験も昔から存在する。ぼくはこのＰＦＰランキングでも首位を獲ったことがある。世界最高の格闘家の一人であることは十分に証明してきたと言える。

それでもイワンと闘い、勝てずとも善戦することができれば、新たに証明できることがあるはずだ。それは格闘技に捧（ささ）げた人生に報いるものになるだろう。

アナウンスの後に入場曲が流れる他は派手な演出もない中を、道着とハチマキといういつもの出で立ちでケージへ向かう。どうやら裏方が足りないらしい。こんなに地味な入場は昔ローカル団体で試合をしていたとき以来かもしれない。これも初心にかえって闘えると思えば悪くない。

道着を脱ぎ、ケージに上がる。床の感触を確かめるように足踏みし、先にケージに入っていたイワンを見る。身体は絞れているとは言い難いが、往年の爆発力が秘められていることを想像させる厚みがある。

互いの戦績が読み上げられる。イワンの闘いの歴史は最大限の敬意に値するものだ。だがぼくも強敵を何人も倒してきた。怯む必要はない。

レフェリーがぼくとイワンを中央に呼び、ルールの最終確認を行う。俯(うつむ)いて決して目を合わさない人を前にしたとき、特にそれがケージの中で向き合った相手だった場合、彼のことをどう思うか。自信のなさに起因する恐怖心か、大舞台に立つことへの緊張感か。そういうものに惑わされた者もいる。だが氷帝イワンにそんな甘い考えは当てはまらない。彼が試合開始までは相手と目を合わせないのは有名な話だったが、向き合ってみてわかった。彼は自分の世界に深く入り込んでいた。

相手が誰であれ、自分の闘い方を貫く姿勢。

ぼくが今日、観客や仲間たちに見せたいと思っていたものも同じだ。

ジョセフにもトレーナーにも話していなかったが、ぼくはこの試合で頭突きも後頭部への打撃も使わないと決めていた。それで不利になろうと構わない。客や同業者を啓蒙(けいもう)しようと思ってのことではない。ただぼくはぼくの愛する格闘技を守る。必要以上に相手の身体を破壊するような危険な攻撃を禁止した、スポーツとしての格闘技を貫く。

「ひとつ尋ねてもいいかナ？」

レフェリーのルール確認が終わり、あとは拳を合わせて挨拶（あいさつ）するなりして試合を始めるだけという段になって、イワンが少したどたどしい英語で呟いた。

「左手をなくしても、キミをここへ駆り立てるものはナンだ？」

世界がループする前、事故のリハビリを終えても、復帰するという決断には反対も多かった。

左膝の前十字靭帯断裂は時間が経てば試合ができるまで回復する見込みはあった。だが手首の上から切断した左手は戻らない。ボクサーになっても成功できると言われた左ジャブも、総合格闘技においても最もKOできるパンチの一つである左フックも、クリンチ状態から放つことで戦略を広げられる左アッパーも、左の拳から繰り出す技は全て奪われた。ディフェンス能力も大幅に低下するし、寝技（グラウンド）でも左手で相手を摑めない不利は計り知れない。

ジャブではなく蹴りで相手との距離を測るよう闘い方を変え、左の肘を強化した。しかし現役復帰して、チャンピオンとして超一流の挑戦者と試合をするのはあまりに危険だ。周りが止めるのも当然だった。それでも――

「たぶん、あなたが今日ここに来たのと、同じ理由です」

ぼくはゆっくりはっきりとそう答えた。一拍遅れてイワンが微笑んだ。

今日ここへ来て、自分でも気づかなかった本音に戸惑うことになった。あまりに不謹慎で、とても公には言えない本音。

ぼくは時間のループがまだ終わらないでほしいと思っている。

全ての怪我も死さえも一日で癒（い）えるこの世界で、もっと試合を楽しみたいと感じている。そのためにもっと練習したい。ぼくはフィジカルが鍛えられないこの世界でも今より強くなれる。左手をなくしてから、主観時間でまだ一年も練習していないのだ。まだまだ片手で闘う術（すべ）は研究できる。ジョセフに付き合ってもらって、頭突きや何やらへの対策ももっと研究しよう。やれることが、やりたいことがいくらでもある。

――夢中になれるモノがいつか君をすげぇ奴にするんだ。ぼくの自伝でも引用した、日本の有名なテレビアニメの主題歌の一節だ。幼少期に欠かさず視ていたこのアニメも、ひたすら強さを追求する男たちの物語だった。

ようやく気づいた。明日が来る世界でも、今日が続く世界でも変わらない。大事なのは後悔しないように生きることだ。後悔しないためには夢中になれるものを全力でやればいい。思えば久しぶりの試合で随分欲張ったものだ。ヘビー級への挑戦に、自分が愛する格闘技の形の体現。そしてなくした左手を技術で補えることの証明。

正に息つく間もなし（ブレスレス）。だがそういう時間もまた幸福だとぼくは知っている。

レフェリーに促され、イワンとぼくは互いの右グローブを合わせた。その一瞬、不思議なことが起こった。

――頭突きも急所攻撃もいらない。私たちのルールでやろうじゃないか。

確かにそう語りかけられた気がした。だが彼は口を開いてさえいない。目がそう語っていたと言う他ない。こんなことは初めてだった。

この土壇場でぼくは何らかの武の境地に至ってしまったのか？　というか氷帝イワンも今の過激な特別ルールが持てはやされる格闘技界を憂えているぼくの同志だったのか？　真の達人はこんなふうに言葉を使わずに語ることができるものなのか？　それとも全ては脳内麻薬による幻覚の類(たぐい)か？

「おい、何笑ってるんだ。大丈夫か？」

セコンドが苦笑を漏らしたぼくを訝(いぶか)しんだ。

「ああ。ただ、何にせよ自分の闘い方をするだけだと思ってね」

試合開始のブザーが鳴り響く。さあ、今までで最高の今日にしよう。

第四話―イノセント・ボイス

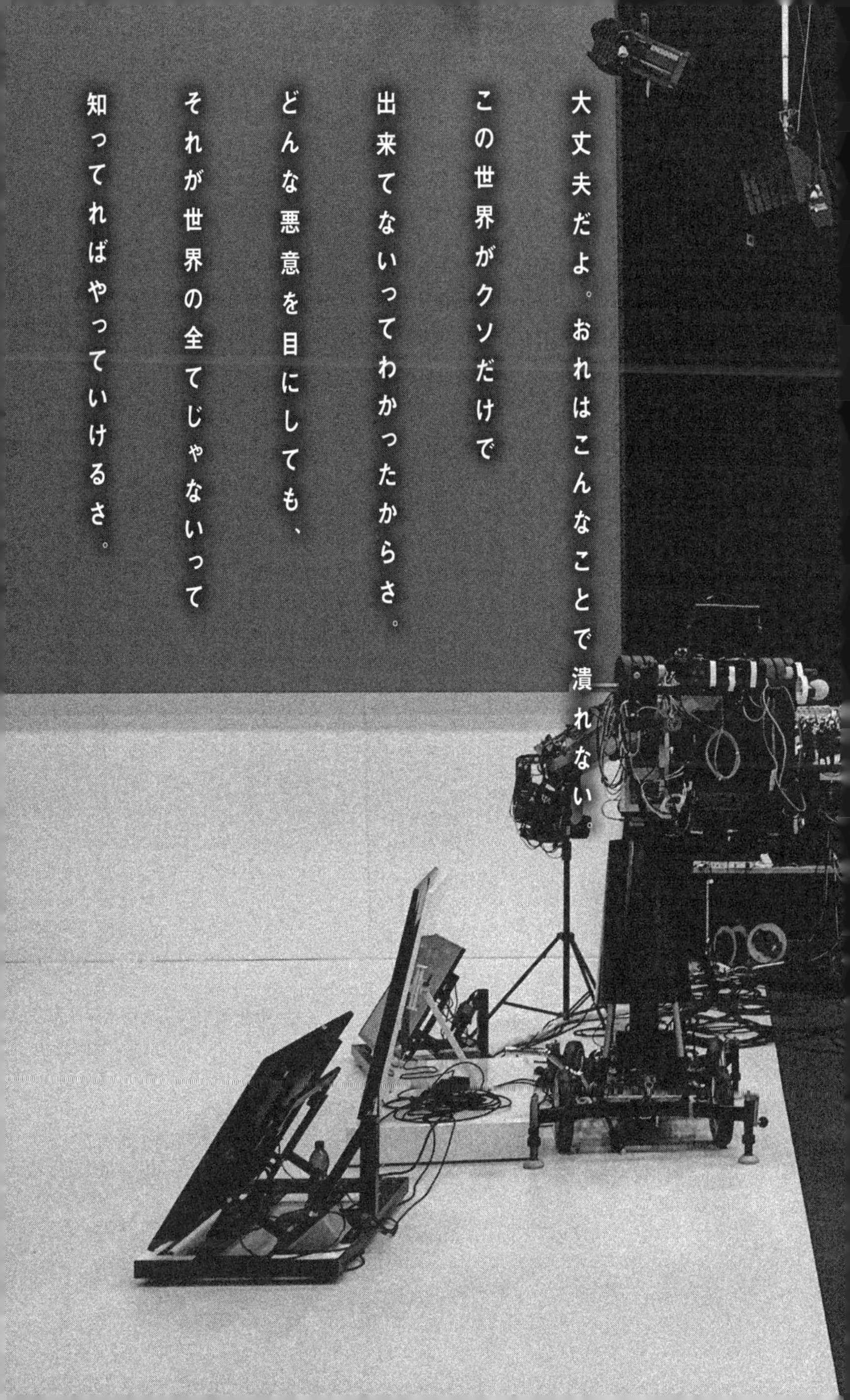

大丈夫だよ。おれはこんなことで潰れない。
この世界がクソだけで
出来てないってわかったからさ。
どんな悪意を目にしても、
それが世界の全てじゃないって
知ってればやっていけるさ。

　ジャーナリストはおれの天職だと思う。世界がこんなふうにならなければ考えもしなかった道だが、この世界がクソだってことを世の中に見せつけることができる仕事はなかなかに痛快だ。特に紳士淑女ぶって澄ました顔をして優雅に生きている連中に、血なまぐさい事件を聞かせて顔をしかめさせてやるのは最高だね。

　まあもっとも最低でイカれた事件は、今や富裕層の住む安全な地区だろうと他人事じゃないわけだが。最近じゃ随分落ち着いてきたが、世の中の三人に一人くらいがルーパーになった頃は特に酷かったそうだ。連中も思い知ったことだろう。自分たちが一皮剝けば、学のない野蛮な下層階級や辺鄙な田舎者――おれたちと変わらないクソだってことが。

　無数の星々がちりばめられた夜空を背に、相棒のヘリがこちらに向かってくるのが見えた。今日もお互いちょうど時間どおりに合流ポイントに着けたようだ。

　耳を聾するローターの回転音と共に降下してきたヘリに乗り込むと、挨拶抜きで訊く。

「今日のニュースは？」

「生憎使えそうなネタがねえな。釘バットで殴り殺された奴も、タイヤネックレスで焼き殺された奴もなし。平和な一日になるかもな」

「ショッキングな話題はなしか。それならとりあえず局に向かってくれ」

この国の一日は夜の帳が下りた頃に始まる。相棒の元には軍人や警察関係者からその夜に起こった様々な事件の情報が寄せられる。おれはそうした事件の中で大衆の耳目を集めそうなものを選んでまとめたり、現場に飛んで取材をしたりする。

最近じゃ世の中も少し落ち着いてきて、暴徒を恐れて家で眠れぬ夜を過ごす人間は減ってきたらしい。だが一般市民が寝静まっているときこそおれの仕事の時間だ。この国じゃ悲惨なことは夜の闇の中で起きるとは限らないが、ループは特に夜間の犯罪率を増加させた。一日が始まるとまず女を襲ったり、面白半分に人を殺したり、そういうことをやろうとするイカれた奴らはいくらでもいる。

そんなクソどもを追いかけ回し、ばっちり顔を撮って晒してやることができれば一番いいし、視聴者数も稼げるのだが、まあそんな劇的な機会なんてそうそうあるものではない。だから今日もおれと相棒はテレビ局――この町で最も高い四階建ての社屋――に向かい、本日のニュースまとめという地味な仕事を片付けることになるわけだ。もっとも相棒はこういう仕事の方は手伝ってくれないが。

そうした地味な仕事を先延ばしにしたいおれと、おれがそれをこなす間退屈することになるのが嫌な相棒の思惑が一致して、ヘリはしばらく夜の街を飛び続けた。しかし待っているときこそ起きないのが事件というものだ。やがてどちらからともなく暗黙の了解で諦め、へりをテレビ局前の路上に着陸させた。大胆な路上駐車だが、まあ一般車両には避けて通ってもらうしかない。

局には今も仕事をやる気のある人間が何人も働いている。インターネットの動画サイトでもニュースを報道することは可能だが、テレビ放送は今なお国民の耳目を集める力の強いメディアだ。近くの新聞社の社員もここに来て、ニュースで読み上げる記事の作成に協力したり、ウェブ上の記事に載せる写真や動画を、テレビ局から借り受けたりしている。電子版の新聞記事を書く仕事は意味を失っていないとはいえ、新聞を紙で発行する意味がなくなった世界で連中は少し暇になっている。

そうした局の一室に、おれは作業用のデスクを借りていた。今ではこの環境にもすっかり慣れ切ってしまった。

「あら、今夜は収穫なし？」

ヘレンがノートＰＣから顔を上げて言った。画面にはノリウッド映画——自国の映画に少し飽きたらしい彼女が最近よく見ている——らしきものが映っていたので、彼女の元にも今夜は目ぼしい情報は届いていないらしい。この世界で無理に仕事を作る必要はない。ニュースが舞い込んでくるまで映画でも見ていようとなるのは自然なことだし、ここで待機しているだけでも彼女は使命感がある。他の記者たちの姿はほとんどない。今夜は大きな事件が起きなかったので帰ったらしい。

「いやー、参った。この国もすっかり平和になっちまったみてえだ。ＴＩＡとか言ってた頃が懐かしいな」

相棒が全然残念そうではない陽気な様子で笑い飛ばした。ＴＩＡというのはおれと相棒の間で一時期流行っていた合言葉だ。ディス・イズ・アフリカ。シエラレオネという国が舞台のハリウッド映画に出てくる、悲惨な現実をこれぞ正にアフリカと言い放つ、諦観に満ちた台詞。ヘレンが見せてくれたその映画にすっかりハマったおれと相棒は、胸が悪くなるようなイカれた事件に出くわすたび「ＴＩＡだな」と言い合っていた。

アメリカから派遣された駐在員であるヘレンはおれにジャーナリストの基本を叩き込んでくれた人だ。カメラの使い方から記事の書き方まで。彼女のおかげでおれはこの仕事ができている。

「最近は静かな夜が増えたね。平和になるのはいいことだけど」

「けど注目されなくなったらおれたちは終わりだぜ」

定期的に大きなニュースを報じなければ大衆は簡単におれたちを忘れる。おれはそのことを常に危惧している。

「そんなに焦らなくてもいいでしょ。あなたはもうすっかり有名ジャーナリストの仲間入りだし。まあわたしも例の記事で随分有名にしてもらったんだけどね」

懐かしい話だ。ループ後のヘレンの仕事で最も世界の注目を集めたニュース。

＊＊＊

小さな貧しい村に生まれたその少年は、幼い頃から聡明さを発揮してきた。まず言葉を話し始めるのが早かった。両親に一から十までの数字を教わると、村中を訪ね歩いて「この村には十が三つと二つの家があるよ」と村の粗末な家や家畜小屋の合計が三十二軒あるのを数えてみせた。このときわずか三歳。非凡な才能を見込まれた少年を、唯一読み書きができる村の長老が教えた。村一番の年長者であり、都会の学校で学んだ経験を持つ者として、その知識全てを授けようとした。だがそれは少年にはあまりに狭い世界でしかなかった。長老が伝えられる知識はほんの数年で涸れてしまい、それから何年もの間、少年はさらなる知識への渇望を抱えながらも、水汲みであったり牛の世話であったりといった村の他の子供たちと同じ仕事に忙殺され、行き来するだけで時間のかかる村の外の学校へ通うなど夢のまた夢といった状態だった。

そんなとき、世界をループ現象が襲った。少年がループーになった頃、既に村の人人の男たちは半分近くループーになっていた。

「昨日から襲撃に行ってたはずだった大人たちが朝方戻ってきてさ、何か言い争ってたからおかしいと思ってたんだ。今日が繰り返されてるから戦っても無駄だとか何とか喚いてて」

「じゃあそれがあなたの一周目ってことね」

少年は自分にカメラを向けるヘレンをじっと見つめた。辺境に住む少年にとって、肌の白い人間はそれだけで珍しかった。

「夜になってから長老の家に行って、大人たちが揉めてたのは何の話だったのかって訊いたら、『悪夢を見せる呪いをかけられたんじゃないか』って言ってたな。そんなときにあれが起きたんだ」

「初めてループした瞬間ね」

「長老の家にいたはずなのに、一瞬で目の前が自分の家になってて母さんと父さんと妹がいた。ああ、これが大人たちが言ってた『繰り返し』なのかって」

「待って。すぐにその状況がループだってわかったの？」

「大人たちが『昨夜から今夜を繰り返してる』って言ってたから」

「すぐにその状況を受け入れられた？」

「どうかな……とりあえず朝になって大人たちが戻ってきて同じ言い争いをしてたら、『間違いなく今日は繰り返されてるよ』って繰り返し組に加勢しないといけないなって。あと一日を繰り返すなら牛を潰して丸焼きにしても元通りになるんじゃないかって考えてわくわくしてた」

「適応が早いわね。……ところであなた、歳はいくつ？」

「正確には知らないけど、物心ついてから季節が十一回巡ってるから、十三か十四だと思う」

翌朝大人たちの一団が帰還し言い争いが始まると、すぐに少年は証言した。少年の聡明さには他の村人も一目置いていたので、ルーパーになっていない村人もどうやら只事でない事態が起きているらしいぞとなった。

とにかく理由は全くわからないが、同じ一日に囚われているのは間違いない。村の人々がその結論に落ち着いた頃、もう一つの事実が提示された。一日の繰り返しを認識できる者は、病が伝染るように増えていくらしい。

「村で最初にループした奴は、最初は悪夢を見たんだと思って毎周襲撃を繰り返してたんだ」

だが自分自身を騙すようなごまかしは長くは続かなかった。こんなリアルな悪夢を見続ける人間などいない。

「それに、襲撃する相手の様子もおかしかった」

襲撃を繰り返すうちに気づいた。飛び出して応戦してくる者の中に、奇妙なほど死を恐れない戦士がいる。

「ルーパーってやつが揉めてる集落の中にもいたんだ。もしかしたら先にルーパーになってたのはあっちの方で、こっちが伝染されたのかも」

そもそもなぜ少年の村の、野盗や反政府ゲリラでもない男たちが別の集落を襲撃するに至ったのか。それは水場を巡る諍いに端を発する。

少年の国ではほんのいくつかの町だけが都会と呼べる程度に栄えていて、それ以外の広大な土地は全て人里離れた荒野か森か、或いは小集落が点在する貧しい田舎だった。少年の村は田舎の中でも特に貧しい部類に属していた。

今日び途上国の田舎の人間でさえ携帯端末の一つくらいは持っていてもおかしくないが、地方や田舎というものにも程度の差がある。少年が暮らす村は地理的には都会と近かったが、それでも一番近い電波の基地局の圏外だったし、都会で売られている携帯端末は村人が買うには高すぎるおもちゃだった。だから元々村人の中に携帯端末を持っている人間はいなかった。

そうやって世界の情報網から漏れたようなその村は、物理的にも外界とは大きな距離を隔てていた。まずそこには自動車が一台も存在しなかった。村で財産と呼べるものは共同で飼っている牛くらいで、それを売っても中古のボロボロの車を買う金にさえならないのだった。

村の井戸はいつからか涸れていて、水を得るためには数キロ先の水場まで足を伸ばす必要があった。徒歩で往復するのは大変な距離だが、それが日常となっていた村人は毎日淡々と水を汲みに出かけた。少年は道を歩きながら内心「もっと効率よく水を得る方法はないかなあ」と思いはしたものの、それを口に出して周りに渋い顔をさせることはなかった。

だがこの時期同じ水場を共同で利用していた集落が、一台の自動車を購入したことから歯車が狂い始める。

ある日少年がいつものように水を汲みに行くと、水をたっぷり入れた容器を積み込んだ、いつ走るのをやめてもおかしくないほどガタがきたピックアップトラックとすれ違った。

「どう見ても歩いて運んでた頃より大量の水を汲んでたから、このままだと季節が変わる前に水場が干上がるんじゃないかって心配になって」

少年の危惧を受けて、村の男たちはその集落へ話をしに行った。だが向こうは汲んでくる水の量を減らす気はないの一点張りだったらしい。

例年季節が変われば別の場所のもっと大きな水場が使えるようになってはいた。だが車を手にした集落の水の使いぶりにはまるで遠慮がなく、例年にない勢いで水場の水量が目に見えて減っていった。

三度の話し合いでも相手が一切こちらの意見を聞き入れないことに業を煮やした村の男たちは実力行使に出た。水場から大量の水を運ぶ諸悪の根源――自動車を破壊することにしたのだ。

「で、夜中向こうの集落に侵入して車をぶっ壊そうとしたんだけど、見つかって逃げ出した。そこを撃たれて撃ち返して、こっちに一人死人が出て……それでもう完全に敵対関係さ。まあ他の集落との揉め事は珍しくもないんだけどね」

その数日後、仲間の弔い合戦と車破壊を目的に、村に一丁しかない自動小銃と各々武器になる刃物を携えて、男たちは相手の集落を襲撃に向かった。

夜明け前に殺し合いが始まるその日が、延々と繰り返されることになるなど知る由もなかった。

「まあそのうちルーパーになる奴がこっちにもあっちにも出てきて、色々あって結局話し合いの場を設けて、殺し合いはもうやめるって結論が出たんだ。でも――」

ひとまず安心していた他の村人と違い、少年はその先を見据えていた。

「このループがいつか急に終わったら――そう思ったんだ。きっと大人たちはまた殺し合いを始めて、いずれはそれに巻き込まれる。水場以外にも火種はあって、また別の集落と揉め事が起こるかもしれない。そんなことが延々と続く。ループがなくても毎日が同じことの繰り返しだ。それを止めたかった」

自分が生まれた村を、敵対してしまった集落を、自らが置かれた世界をどうすれば変えられるか。その手段を模索するためには、少年が今持っている知識は圧倒的に不足していた。

しかし長老にはもう彼に伝えられる知識はなく、インターネットと接続して世界中から情報を得られる携帯端末もこの村にはない。

知識を求めるなら、自らそれが集められた場所へ赴くしかなかった。

「今日から毎日町へ通うよ。夜通し歩けば着ける」

両親にそう告げ、少年は一日の始まりとともに暗闇の荒野を歩き出した。町にはこの国では数少ない図書館がある。最低限の読み書きは長老から教わっていた。いくらでも本が読める場所まで行ければ、自分で勉強はできる。

村には車もなければ自転車やバイクなどというものもない。移動手段は徒歩しかなかった。満天の星だけが照らす道を、少年は数十キロ歩き続けた。来る日も来る日も。

＊＊＊

朝になっても数字の取れそうなニュースは入ってこなかった。殺しの一件や二件、十件くらいこの町でも起きているが、ただの殺人事件なんかにもう誰も興味は持たない。

たまにはセンセーショナルな話題以外もいいだろう。おれたちは郊外にある「国境なき医師団」の診療所を訪ねた。以前からここにはいつか取材に訪れようと思っていた。

「ここに来る患者は犯罪被害者が多いんですか？」

おれはハンディカムのビデオカメラを構えながら質問した。肩に担ぐような立派なカメラは必要ない。この映像を後で局にいる人間とチェックして、編集してテレビで流すか、動画サイトでアップするか、記事にしてウェブに載せるのかを決定する。

「五十周くらい前まではそうでしたね。最近では薬物の過剰摂取（オーバードーズ）や交通事故などで運ばれてくる患者の数が逆転してきてますが」

アメリカから来たという三十代の医師が答えた。彼が町外れの屋敷を改装した診療所をまとめているそうだ。

「まあ犯罪件数は大分減ってるみたいですね。おれたちにとっては仕事がやり辛くなっちまいますが」

「しかし一日が終われば怪我も何もかも元どおりってのに、医者の仕事の意味があるのかい？」

相棒が素朴な疑問を口にした。フランクな態度は一歩間違うと相手を不快にさせかねないが、質問内容自体は多くの視聴者の代弁だろうから構わない。

「確かにどんな怪我もなかったことになるなら、痛み止めだけ処方してあとは治療の必要はないと思う人もいるだろうね。でも……ループが明日も続くとは限らないからね」

――ループがいつか終わる。この人もその希望を失っていないらしい。

「今夜また世界が繰り返す――みんなそう思って生きてるけど、もしある日突然繰り返しが終わって明日が来たら――ラリってゲロを喉に詰まらせた人や、痛み止めだけ打たれてはみ出た腸を適当に腹に詰め直された患者はどうなる？　その可能性が捨てきれない限り、この世界でも私がやる仕事に変わりはないんだ」

相棒が感心したように頷いた。内臓がこぼれた怪我人や死体など何度も見ている身だからこそ、それを放って置かれたまま明日が来たら――という仮定を真に迫ったものに感じているのだろう。

「なるほどね。そういえばこの前あんたの国の有名な格闘家がニュースで同じこと言ってたな。ジェラールとかいう」

「彼はアメリカじゃなくてカナダの選手だよ」

「悪いけどアメリカもカナダも俺らからしたら同じようなもんさ。ジェラール、確かこの前撃たれてたろ？」

　おれはしっかりアメリカとカナダの区別くらいつくので一緒にしてもらいたくなかったが、それはそうと件の格闘家はよほどの有名人らしく、この国にも銃撃のニュースが入ってきたほどだ。

　詳しいことは知らないが、路上で見ず知らずの男に撃たれたらしい。しかしさすがは格闘技のチャンピオンと言うべきか、腹部に銃弾が入ったその状態で犯人に反撃してぶっ飛ばしたらしい。

「『とどめを刺そうか？』って聞かれて断ったんだよな」

　一緒にいた友人が犯人の取り落とした銃を拾って、周りの通行人たちがノックダウンした犯人を取り押さえたが、格闘家の傷は深かった。痛み止めや治療がすぐにできない以上銃を使って楽にするという選択肢もあった。だが格闘家は断固としてそれを拒否したそうだ。

「私もそのニュースは見たよ。ジェラールは『今日が最後かもしれないんだぞ。脚を折った競走馬のように安楽死させてもらって、今日でループが終わったら？　そのまま死なせてくれればいいのに、明日も明日が来ないなんて保証はないんだ』と、そう言ったらしいね。私もその考えに賛成だ。常に今日が最後のループだと思って治療に当たる」

今日が繰り返されない前提で生きる——世界が変わっても、この人の生き方は変わらないということか。

「しかしすげえ男だよな。左手がないのに自分よりずっと大きい相手と闘って。あれはどっちが勝ったんだっけ？」

その試合のニュースが流れてから何十周も経っていない。試合の細かい内容はともかく結果を忘れるのはまずいだろう。

「勘弁しろよ。耄碌するにはまだ早いぜ」

「まあ医者としてはあの身体で競技を続けるのを賛成はできないがね」

「すげえといえばあんたもだよ、ドクター」

インタビュアーはおれなのだが、口数の多い相棒はそんなことそっちのけで取材対象とトークを繰り広げてしまっている。だが相手の口が軽くなることは悪いことではない。

「アメリカでも医者ってのはすげえ勉強しないとなれないんだろ？　そんなに苦労して医者になったのに、なんでこんな国に来たんだ？　女はまあまあ悪くねえが、白人の女はほとんどいねえ。美味い飯だってアメリカに比べりゃずっと少ねえし、年中水不足だし停電もする。

金持ちの国の金持ちのお医者様が好き好んで暮らしたい国じゃねえだろ？」

相棒は別にこの医師の善良さに裏があると思っているわけではない。ただわからないことを訊いているだけなのだ。

医師の方も失礼な質問に不愉快になっているという雰囲気は微塵もなかった。むしろ理解されないことに慣れているように感じる。

「年中水不足で停電するような、欧米の医師が嫌になるような環境だからこそ、誰かが助けに来ないとね」

「自分じゃなくて、他の誰かが行ってくれればいいとか思わねえの？」

「私が来なくても人が足りてるなら任せてもいいんだけどね。生憎常に人手は足りないんだ」

「いやあ……たいしたもんだ。俺があんたの立場なら、アメリカ女と遊びまくって、いいもの食っていい酒飲んで、高い車を乗り回すな。ガキの頃から頑張って勉強した分、美味しい思いしねえと嘘だぜ。そういう楽しみに興味ないわけ？」

「そりゃあ興味はあるよ。きれいな女性に美味い酒。五秒で時速百キロまで加速するイカした車。庭付きの大きな家に大きな犬。優雅なディナー。でも私はこう思うんだ。そうした物質的な豊かさには、案外早く飽きてしまうんじゃないかって」

「飽きるもんかよ！　飯と酒と女と家と、人生に他に何があるってんだ？」

「じゃあなんで君らはわざわざここに来て私に話を聞くんだい？　自由に遊び回ったって構

わないのに、なぜ取材なんか?」

「それは……俺はほら、こいつと飛び回ってネタを探すのが楽しくて」

と相棒がおれを指差す。

「私は怪我人や病人ばかり相手にする仕事を楽しいとまでは思えないが……でも君たちが毎日取材を続けるのと、そんなに違いはないと思うんだ。我々は使命にやりがいを感じている。人から与えられた使命じゃない。自分で選んだ使命にだ」

「でも、その使命にも飽きるときがきたらどうすんだよ。人生は長いし、今はもっとずっと長くなるかもしれないんだぜ」

「そうだね、どんなに楽しいことでもやりがいのあることでも、色褪せて退屈になってしまうことはあるだろう」

アメリカから来た医師は視線を上げた。壁の上の方を部屋の端から端まで飾られているのは、医師や看護師が患者たちに囲まれた写真だ。おれは写真についてはまだまだ初心者で、構図やら何やらの善し悪しはわからない。だが写っている人々はみんないい笑顔をしていた。

「だけど今のところ、人を助けることには飽きる気配がないんだ」

「相手が怒らなかったからいいようなものの……こんなふうに質問しちゃダメじゃない」

取材動画を見せると、ヘレンはまずおれの相棒に苦言を呈し始めた。

この無秩序な世界で、屈強な見た目で物理的に脅威になりそうな相棒が説教されるのは、ヘレンの度胸というよりはひとえに相棒の人柄に因るところが大きいと思う。相棒自身がちょっとやそっとのことでは怒らない大らかな人間だからこそ、フランクに悪気なく突っ込んだ質問ができるというわけだ。

「今度ぜひ、二人で食事しながら相手を怒らせない質問の仕方を教えてほしいね」

相棒は時々ヘレンに色目を使っているようだ。だがこうして口説かれることには慣れているのか、彼女は何でもない様子であしらってくる。

「ええ、また今度ね。さて、この動画だけど……できればテレビの方で流したいな。今から編集して夕方に」

「これをやるほど枠空いてる？　自分で撮ってきてなんだけど、別になんてことない話じゃねえ？」

動画サイトにアップしたり記事をアップするだけなら時間の許す限りいくらでもやればいい（数だけ多いと埋もれてしまうので最低限の選別は必要だが）が、テレビはそうはいかない。限られた枠で優先して放送すべきは、国民の安全に関わる情報だ。まずは新たに起こった犯罪に関するニュース——凶悪な犯罪者の身元や顔なんかを晒して危険人物の情報を共有しなければいけない。それから忘れかけた頃に以前こうした凶悪犯罪の犯人として注意喚起された人物の再報道。何せこの世界では記録を保存できないから、記憶が風化する頃に危険情報を再報道することも大事なのだ。

　そしてこうした危険情報が最優先とはいえ、他にも国民が知りたがるニュースはいくらでもある。そうしたものを提供し続けなければテレビ自体を見なくなる人間が増えてしまうだろう。

「数字が取れるゴシップの方が優先順位は高いだろ？　ミュージシャンの乱交パーティとかさ」

「はあ、全く……すっかり荒んじゃって。何？　最近のその悪ぶった感じは？　先生悲しいわ」

「いやいや先生、おれは別に悪ぶってるわけじゃ……」

「あのね、あなたが撮ってきたのはなんてことない話なんかじゃない。こういうニュースこそ今必要とされてるものよ。こんな善良な人間がここに確かにいるんだぞって伝えることには絶対意味がある。この世界は悪くないって、きっと誰もが心の底では信じたがってるから。わたしはあのときの取材の反響でそれを実感したの」

＊＊＊

夜通し歩いて町に着いた少年が目にしたのは、長老から聞かされて想像していたのを超えるような、どこまでも続くように立ち並ぶ建物の群れが曙光に照らされる光景。そしてその感動を台無しにするような混乱の有様だった。

　町ではルーパーが日増しに多くなり、日毎新たな犯罪が起きて住人を震撼させていた。着の身着のままで出てきた少年とて毒牙にかからない保証はないような無秩序状態だったが、少年はそんな荒廃には目もくれず図書館を目指し、そこに足を踏み入れた後は一日が終わって瞬時に自宅に戻ってくるまで、ひたすら本を読んで勉強を続けた。

「徹夜で歩いて図書館で勉強して……眠らない日を五十四周繰り返したときに声をかけられたんだ」

　市中が混乱する中、迷わず図書館に入っていく少年を見かけた市民が事情を尋ねた。村のため毎夜長い距離を歩いてここまで来る少年に胸を打たれた彼は、自分が車で迎えに行くことを提案した。

「町から村までは道が酷くて車でも二時間かかるけど、彼は毎日迎えに来てくれた。都会の金持ちなんて田舎の貧しい人間のことなんて何とも思ってないと勝手に決めつけてたけど、そうじゃなかった。車で送迎してもらうようになってから三十七周経って、この取材の依頼が来た」

　村を変えるため毎日図書館を訪れ勉強に励む少年と彼を助ける市民――これは今この世界で発信するべきニュースだ。ヘレンはそう考えた。秩序の崩壊した世界で、それでも人々は善意を持って助け合える。それを世に知らしめなくては。

ヘレンの取材の反響は大きかった。

自分が生まれた村を救いたい。他の集落との争いを止めたい。自分を取り巻く、貧困にあえぐ世界を変えたい。少年の無垢(むく)な声は、この国のみならず外国の人々にも届き、ループの混乱で荒んでいた彼らの心を動かした。

少年の送迎を交代でやろうと申し出てくれた人たちがいた。最終的には四人の市民が毎夜代わる代わる少年を町まで送り届けた。

ついには軍の人間が協力してくれて、図書館から必要な本と夜でもそれを読める明かりをヘリで村まで届けてくれるようになった。本が届くまで仮眠を取って、すっきりした頭で星空の下に出て、ポータブル電源の明かりで勉強するのが少年の日課になった。

軍の人間は時にはヘリに少年を乗せ、都市の夜景の上を飛んでこの国にどれだけ多くの人間の営みがあるのかを見せてやった。インターネットと接続できる携帯端末を貸してやって、少年が求める知識にアクセスできるようにしてやった。

少年は急速に世界を知っていった。

＊＊＊

「確かに犯罪に関する注意喚起の方が大事かもしれない。視聴者が見たがってるのはセレブの誰と誰が寝てるみたいなくだらないゴシップの方かもしれない。でもわたしは、世界がどんなに変わっても自分の使命を全うしようとしている人の話を、絶対にテレビで流すべきだと思う」

「俺もヘレンに賛成だぜ、兄弟」

相棒までヘレンに加勢し始めた。下心からではないのはわかる。そういうせこい男ではない。

「あの医者、たいした男だったじゃねえか。最近はテレビを点けるとクソみてえな犯罪者の話ばかりだ。たまにはああいう、リスペクトに値する男の話を聞かせてもらいてえもんだ」

まあおれだってせっかく取材したものをテレビで使ってくれるというなら願ったりだ。ただ視聴者が求めているものが何かということをつい考えすぎてしまうだけで。

「わかったよ。ただ編集は任せてもいいかな。午後は例の『戦場』に行くって約束してるから」

「オーケー。任せといて」

局に備蓄してあった適当な保存食を食い散らかすと、忙しなくヘリに乗り込んだ。世の中の大半の人間が労働を辞めた世界で、おれたちほど忙しく働いている奴らはそうそういまい。

「なあ相棒、残念なお知らせだけど、ヘレンには故郷に置いてきた恋人がいるらしいぜ」

相棒が虚しい求愛行動を取らなくて済むようそろそろ教えておくべきだろう。

「マジかよ⁉　おいおい、そういう重要な情報はもっと早くに共有しろよな」

「ゴシップの話題は仕事で追いかける分だけで十分だと思ってさ」

「周りの女の話はそういうのとは別だろうが、まったく……しかしループする世界で、アメリカに置いてきた彼氏と離れ離れとはな。難しい遠距離恋愛だな」

「けど有志のパイロットが、今でも航空機を出してるだろ？　アメリカ行きなら探せばあるはずだし、順番待ちすりゃいずれ乗れるだろ？　なんで一度も会いに行かないんだろうな。別に記者の仕事なんて毎日休まずやらなきゃいけないもんでもないだろ」

「わかってねえな、兄弟。一度も会いに行かないのはな、一度でも会っちまえば、会いたい気持ちに歯止めが利かなくなるからだよ。毎日でも飛行機に乗って会いに行きたくなっても、それでも記者の仕事を続けてられるのかって話だよ」

「そういうもんかね」

「まあお前にもそのうちわかるさ」

「どうせおれには女の気持ちなんてわかんねーよ」

予定どおり昼過ぎには定期的に追跡取材をしている「戦場」に到着した。

「あれ？　今日もまたサッカーなんだ」

ヘリが村に近づき、眼下に見える複数の人影が何をやっているのかようやく視認できた。

　ボールは夜のうちに相手の集落の男たちが調達してくる。片道でもそれなりに時間がかかるがどうせ夜は長いし、町に行けば他にも楽しみはある。昼に帰ってくる頃にはもう準備ができている。牛を放牧するための広い空間がちょうどグラウンド代わりになる。

「思いつくスポーツが一周したみたいだな」

　おれたちはもう何度もここに追加取材に来ているが、同じスポーツで勝敗が争われていたのを見るのは初めてだった。

「しかしよく誰もやったこともないスポーツで勝敗を決めてたよな。いっそ代表者の一対一の殴り合いで決めれば……いや、それじゃあ今までと同じか」

「たぶんもうお互いに、必死で勝とうとしてねえんじゃねえかな」

　こちらの村とあちらの集落の男たちが試合をしているわけだが、いつまで続くかわからない勝負にもうかつてほど勝利への執着は強くないと見える。両チームとも選手の中に子供が混じっている。

　かつてはこれが殺し合いだった。


　水場を巡る争いから死人が出て、その復讐に集落を襲撃しようとしたのはもう何周前の出来事だったか。

　両陣営に複数のループパーが現れ出してからも、話し合いが持たれるまでは何度か戦闘があった。相手集落のルーパーはこの繰り返しを抜ける方法を探していて、儀式めいたことを色々試していたらしい。その試行の一つとして、戦闘に勝利し相手の村の襲撃者を皆殺しにするというものもあった。一方で襲撃した村の側が戦闘の結果として相手集落の男たちを全滅させたこともあった。

話し合いによって戦闘が停止してから百周近く経った頃、村の天才少年がある提案をした。メディアに取り上げられた影響は大きく、実際にテレビ等の報道を見たわけではない相手集落の者たちも少年の噂は知っていて、話に耳を傾けてくれた。

「一日ごとに違う内容の勝負をして、ループが終わったときに勝ち越してた方が水場の権利を持つってのはどう？」

「しかし身内が殺されてるのに、今じゃすっかり仲良く遊んでられるってのもすげえよな」

相棒は感心したように言った。サッカーの勝負は互いに疲れ果てるまで続いたが、そこに利権争いの必死さは感じられず、相手を打ち負かしたいという憎しみも存在しないように見えた。

「たぶん都会の文明人様とは死生観が違うのさ」

田舎じゃ都会よりも病気や怪我で呆気(あっけ)なく人が死ぬし、時には野生動物に殺されることすらある。死というものが文明社会よりずっと身近にあるのだ。実際突発的に出た死者の件に関しては、もう怨恨の念は消えていたと思う。だがそれで争いが終わるのかといえば話は別だ。

日が落ちてくる中、両陣営の男たちは煙草を吸いながらリラックスして座り込んでいた。一人が林にガソリンをぶち撒けて火を付ける。特大の焚き火の前で子供たちが声を合わせて歌い始める。大人たちはそれを眺めながらぽつりぽつりと言葉を交わす。おれは話している内容を聞きたくて、後ろからそっと彼らに近づいた。

「車を貸してやるから、レースで勝負するのはどうだ？　同じコースを速く走れた方の勝ちだ」

「それはお前たちに有利すぎるだろ」

「なら他に面白い勝負を考えるんだな」

「遠くから牛を狙撃して、多く仕留めた方の勝ちっていうのはどうだ？」

「お前んとこのガキが、暴力行為は禁止って言ってなかったか？」

「牛相手ならいいんじゃないか」

いやよくないだろう。無駄に牛を殺して、万一今日でループが終わったらどうするつもりだ。村には他の財産がないのに。

「それより今の時点で勝ち越してるのはうちの方だよな」

「すぐに逆転だ」

「今日でループが終わったら、約束どおり西の水場はうちがもらう」

「わかってるよ」

「車で運べるだけの水を使わせてもらう。文句は言わせない」

翌周には使った水が復活する世界に慣れ切った彼らに、もう水を節約して他の村と仲良く分け合って使うなどということは期待できない。

連日の勝負は、それを見越した上で提案されたのだ。たとえ水場争いの体裁でも、連日勝負を続けていれば、ループが終わった後でも水を分け合って使おうとするくらいの友情は生まれるかもしれないと。

だがあちらの集落に譲り合いの精神は生まれなかったらしい。ではこちらの村が勝ったとして相手側に気前よく水を分け与える気があるのかといえば、それも怪しかった。

「それならうちの村は、もう移住するしかないかもな」

おそらくそれも現実にはならないだろう。ここを離れて流浪の民となって一体どこへ行けるというのか。貧しく瘦せた、水を手に入れるのに数キロ歩かなければならないこんな土地でも、他よりはマシだから住み着いたのだ。

そうした事情は互いにわかっているからこそ、内心では両者とも疑っている。負けた方が約束を反故にして、再び戦いが始まる可能性を。

「なあ……ループが終わったら、俺たちまた殺し合うのか?」

燃え盛る炎を見つめながら、どちらからともなくふと漏れたような核心を突く呟き。それに対して返ってきたのは沈黙だけだった。


何も起きずに退屈だ、なんて気分は二日ももたないのがこの国の現実だ。少しは平和になったと思っていても結局はそんなものだ。ＴＩＡってことさ。

「マジかよ！　現行犯じゃねえか。事件に呼ばれちまってるなあ俺たち」

ハンドルを握る相棒が呆れたように言う。ヘッドライトが照らす先、四人の男たちが一人の女の手足をそれぞれ摑んで、狩りで捕らえた獲物のような格好でピックアップトラックの荷台に運ぼうとしている。

適当に車を流していてこんな光景に出くわす辺りがもう本当に治安がクソなんだなと思わされる。

「どうする相棒？」

既にカメラは向けていた。男二人が女を載せた荷台に乗り込み、もう二人が前に乗り込んで車を発進させる。おれに問いかけられた「どうする？」は追いかけるか？　という意味ではない。どうせ死んでも翌周に生き返るのだ。発砲してくるかもしれない相手とのカーチェイス程度のリスクを避ける必要はない。

「おれは……できれば助けたい」

　このまま追跡するだけでも視聴者の興味は引けるし、奴らがどこへ向かって悪さをするつもりなのかも突き止めたい。この期に及んでまだ集団婦女暴行などをやらかそうとする連中の身元を特定できるかもしれない。だがトラックの荷台には男二人と拉致(らち)された女が一緒に乗っている。野良犬以下の知能と倫理観しかない奴らなら、追われていようと構わず荷台でおっ始(ぱじ)めかねない。

　どこの誰だか知らないが、やられちまう前に助けてやりたい。ループで元どおりになるからといって、今このとき苛(さいな)まれている恐怖と苦痛を無視していいことにはならない。まして女もループーだったとしたら、レイプされた心の傷は一生消えないことになる。

「まあ黙って見てるのは男じゃねえよな。じゃあ派手に行こうか」

　相棒はご機嫌で頭を戦闘モードに切り替える。さて、おれはレポーターモードに切り替えだ。元々車で町を流しているときは生配信にしているが、犯罪現場に出くわしたとなれば再生数はすぐに跳ね上がる。こちらもそれ相応のテンションで盛り上げていかなくては。おれはカメラを自分に向けてまくし立てる。

「というわけで視聴者の皆様！　我々は目の前で女性を拉致した強姦(ごうかん)魔からか弱き乙女を助けるべく、トヨタのピックアップトラックを追跡中です！　おっと日本人の皆さんは気を悪くしないでくださいね！　トヨタには何の罪もありません！　白熱のカーチェイスをお見逃しなきよう！」

窓からカメラを出して撮影する。借りている軍用車は別にガラスが防弾仕様なわけでもないので、小銃（ライフル）を撃たれれば簡単に貫通する。窓から顔を出そうと危険度はそう変わらない。と思っているそばから、助手席の男が窓を開けて自動小銃をこちらに向けてきた。躊躇（ちゅうちょ）なく引き金が引かれ、銃声が夜の街に谺（こだま）する。

「うおっ！　発砲してきました！　あっ！　今耳を掠（かす）めていきました！　銃弾！」

音速を超える弾丸の風切り音と風圧を確かに感じた。もう少しずれていたら——死がここまで近くに迫った経験は今までなかった。

連中は尚（なお）も発砲を繰り返してきた。だが銃というのは意外と当たらないものだ。ましてや双方が動いているカーチェイスの最中となれば。ガラスを撃ち抜いて車内を通り抜けていった銃弾はほんの数発。

相手が弾倉（マガジン）を交換するタイミングで相棒がアクセルを一気に踏み込む。ちょうどピックアップトラックに追いつきかけたそのとき、荷台の男二人が立ち上がって様子を窺（うかが）ってきた。

「チャンスだ！」

相棒が急ハンドルを切って連中の車の後部に体当たりした。二人の男がバランスを崩して荷台から投げ出される。一人はおれの助手席側の窓のすぐ近くを転がっていった。あれは死んだかも。

「車はどうやって止める？　下手すると荷台の女が死ぬぞ」

「まあ待てよ。まずは相手が装塡中か弾切れしたのか様子見だ」

相棒はトラック後部にぴったり張り付いた。連中が振り向けば後部の窓越しにおれたちを狙えるはずだが、発砲してこない。

銃撃がないのを確認すると、相棒は開けた窓から顔を出して大声で叫んだ。

「おい！　助かりたかったらこの車のボンネットに跳べ！」

めちゃくちゃだ。この軍用車はボンネットが平らな形だし、高さもピックアップトラックの荷台から乗り移るのにちょうどいい。しかしいきなり走っている車から車へ跳び移れと言われてできる人間がいるものだろうか。たぶん映画や何かなら普通のことなのだろうが。

「ダメ！　できない！」

女が荷台から泣きそうな顔を出して叫んだ。それはそうだろう。

「失敗したっていいんだ！　死のうが大怪我しようが明日には元どおり！　ビビらず跳ぶんだ！」

理屈ではわかっていても実際に動けるかは別だ。しかしこの女は意外なほど度胸が据わっていた。躊躇したのも束の間、思い切りよく荷台から跳んだ。

着地と同時にバランスを崩してフロントガラスにべったり顔面をぶつけた――この顔をば

っちり撮ってしまったのは悪かったな――が、必死に窓枠を摑んでボンネットから転がり落ちないように体勢を安定させた。たいした女だ。

ゆっくり速度を落として停車すると、彼女はすぐに飛び降りた。鼻血が出ているし一見して身体に数箇所の擦過傷があるが、大きな怪我はなさそうだった。

「災難だったなお嬢さん。さて、俺たちはあの車を追いかけるが、ここから夜道を一人で帰りたくないだろうから、誰か人を寄越すよ」

「いいえ、わたしは大丈夫。それより早くあいつらを追って！　あの腐れチンポ野郎ども、ぶっ殺してよ！」

タフな女だ。お望みどおりしっかり奴らの顔を晒して、社会的にぶっ殺してやろう。

「えー、ただ今不適切な単語が放送されてしまいましたが、とにかく我々は追跡を再開します。危険な犯罪者の身元を明らかにし、野放しにはさせません」

カメラに向かってそれだけ宣言すると、遠慮なく女を置いて車を発進させた。

相棒がフルスロットルで加速させた車は、簡単に奴らに追いついた。どこかにガタが来て満足なスピードが出なかったのかもしれない。それでも複雑に路地裏を抜けたり、車を放置して闇に紛れたりすれば追跡は難しかったはずだが、奴らも気が動転していたのか、或いは女を助けた後でもおれたちが追ってくるとは想定外だったのかもしれない。

そこからは簡単だった。こっちの軍用車は重量が違う。横に並んで思い切り体当たりしてやると相手の車は簡単に制御が利かなくなり、電柱に突っ込んだ。

相棒は車を止めると、腰から抜いた拳銃を構えながらゆっくり大破した車に近づいた。

「まあまあ深手だな。どうするお前ら？　とどめ要るか？」

助手席の男も運転席の男も瀕死の重傷というわけではなかったが、病院で治療しないと危険な程度には深手に見えた。だがおれたちにこの犯罪者二人を病院まで運んでやる義理などないし、今病院に医師がいるかも怪しいものだ。それにこいつらにしたって、すぐ生き返れることがわかっているなら怪我の苦痛に耐え続ける必要はない。

「おまえ……誰だか知ってるぞ」

流れた血が片目に入った運転席の男が、カメラを向けるおれをもう片方の目で睨みつけた。

「おかげさまで有名人でね」

「覚えとけよ……次の日おまえのおうちに遊びに行くからな」

それ以上何か言う前に、相棒がそいつの頭を撃ち抜いた。カメラを向けっ放しだったので頭蓋骨の破片と共に飛び散る脳漿が思い切り生配信映像に載ってしまったが、どうせ視聴者はこういう画こそを求めているのだ。それにこの程度、おれたちが放送してきた映像の中では特段過激な方でもない。

「大丈夫かよ。無抵抗になった人間を撃って」

カメラのマイクをオフにして訊く。

「お前こいつの顔をアップで映してたろ。画面外で銃に手を伸ばすのが見えたんだよ」

なるほど、そういうことにしておこう。相棒は続けて助手席の男も射殺する。

「こいつの捨て台詞……マジでお前の家が知られてると思うか」

「どうかな……最近はすっかり有名人になっちまったし、おれの故郷の話もしてるからな」

「何にせよ、明日はできるだけ早く迎えに行った方がよさそうだな。……ヤバそうな気配を感じたらすぐに身を隠せよ」

「わかった。招かれざる客が来たらすぐに隠れるよ」

だがそう言いながらも、おれは内心逃げるわけにも隠れるわけにもいかないことを悟ってしまい、暗澹（あんたん）たる気分になっていた。


翌周、おれは家族に一声かけるとすぐに家を飛び出した。これ自体は毎日のことだから家族はもういちいち気にはしない。

もしあいつの脅し文句がはったりじゃなかったら？　おれの家がばれていて、逆恨み――いや、逆恨みではないか――でおれの家を襲撃してきたら……

家には両親と妹がいる。堂々と路上で女を拐（さら）おうとする奴らがやって来ることなど考えたくもない。

　奴らの狙いはおれだ。家族を巻き込まないためにはおれがここから離れ、本当に奴らがここを目指してくるなら先に見つかってやらなければならない。

　奴らがどこの人間であれ、幸いおれの家を目指すならルートは限られている。北か南か。そして南の方にはほとんど人は住んでいないはずだ。

　だからおれは北に向かって歩き続ける。いつものように。おれを殺そうとするクソッタレどもがやって来るかもしれない方角へ。

　嫌な想像が色々と頭を駆け巡りながら歩を進めるうち、ヘッドライトが見えてきた。いつもはここでそんな光を見ることはない。逃げ出したくなるが、長い長い一本道に逃げ場はないし、道を外れて茂みに身を隠したりすれば、奴らはおれを捜して家まで来てしまう。それだけは避けなければ。

　車がおれの前で停車した。出てきたのは三人だけだった。もしかしたら一人は住んでいる場所が遠くて一日の開始時点からすぐに集合できなかったのかもしれない。

「……こんばんは。本当に遊びに来てくれるとはね」

「カメラは持ってねえのか？　自分が痛めつけられるところを撮って公開しろよ」

　二人が突進してきてあっさり羽交い絞めにされた。そのまま地面にうつ伏せに倒される。

　嫌な予感の一つが脳裏を過ぎる。この性欲ザルたち、男だってレイプしかねない。ましてこいつらは先周欲望を吐き出す機会を逃したばかりだ。だが幸か不幸かおれはズボンを下げられることはなかった。一人はおれの腰の辺りに乗っかり自由を奪い、一人は両腕を掴んで前方に伸ばさせた。そしてもう一人は——

血の気が引くのが自分でもわかった。悠々とこちらに歩いてくる男の手に握られているのは、刃渡りの長い山刀だった。

「枝みてえな細い手足だな。一撃でぶった斬れそうだぜ」

「おいちょっと待った！　話し合おう！　これ以上罪を重ねるな！　いいか、このループはいつか終わる！　今なら暴行未遂の罪だけで——」

無情にも振り下ろされた刃が地面に刺さり、おれの右腕はきれいに両断されていた。ああああああ！熱い！熱い！背骨を貫く衝撃に身体がびくんと跳ねた後、全身の血が沸騰するような熱さが、右腕の断面から溶岩を流し込まれたような熱さが駆け抜ける。そして遅れて痛みが——痛い痛い痛い痛い痛い！痛みのこと以外！何も！考えられない！痛い痛い痛い！痛み痛み痛み。

「おらあ！　もう一本いくぞ！」

容赦ない一撃が残った左腕をぶった斬る。衝撃。熱。熱。そして痛みの奔流。

「両足も切ったらおまえの村に帰してやる。おれたちがちゃんと送り届けてやるから安心しろ」

男の声は遠くの方から聞こえた気がした。こいつらが村に……誰にも危害を加えなかったとしても、おれのこの悲惨すぎる有様は家族には見せたくなかった。

だができることは何もない。

信じられない強烈な痛みの中で、徐々に頭がぼんやりしていくのを感じた。この痛みの中眠れるはずがない。両腕から流れる夥しい出血によって意識を失いつつあるらしい。視界が暗くなっていく。両足を切り落とされる前に気絶できるのは不幸中の幸いだろう。

遠く微かにヘリのライトが見えた気がしたが、幻だったかもしれない。

気づけばいつもの、一日の開始地点だった。おれの家。目の前の家族。慌てて両腕を見る。当然そこにある。

「昨日は大変だったみたいだね」

母さんが言った。大変だった？　大変なんてもんじゃない。

「車の事故で一回死んだって聞いたよ。あんたの相棒から」

相棒が？　では意識を失う前に見た光は本物のヘリのライトだったのか？　おれはどうやらそのまま失血死したようだが、実際のおれの死に様を教えたらショックが大きすぎるから、死因をごまかしておれの死を伝えた？　だがそれなら死んだこと自体を隠せばいいのでは？

「長老と話し合ってたよ。あんたにはもう今の仕事を辞めさせた方がいいんじゃないかって」

「やっと顔を見せたな。最後にここに来てから何周経った？」

朝になるのを待たずにその夜のうちにすぐさま長老を訪ねた。彼の声色も表情も、再会を喜んでいるふうではなかった。無理もない。たぶん長老はおれに期待を裏切られたと思っている。

「おまえの相棒から伝言を預かっている」

長老は高齢だが記憶力ははっきりしている。彼によると、ヘリで近づいたとき奴らはおれの右足をぶった切ったところだった。気を失っていようが失血死しようが構わず四肢を切断して自宅前に転がすつもりだったらしい。相棒は激怒してヘリの機銃を奴らに向けた。奴らは血迷って左足しか残っていないおれの身体を盾にしたようだが、相棒は迷わず撃った。おれの惨状を見て、生きていたとしても即座に楽にしてやることを決めたという。

おれと連中の二人は機銃掃射でバラバラになったが、一人離れた所に立っていた奴がかろうじて生き残っていたらしい。相棒はヘリを着陸させると、滝のような弾丸の奔流が片脚に掠ってちぎれ飛んだ生き残りの一人に警告した。

「俺の相棒に二度と手を出すんじゃねえぞ。俺は一日の始まりに出発すれば、お前らがこいつを殺してからどこかに逃げる前に、お前らに辿り着く。俺はお前らなんかよりよっぽど酷い人の殺し方を知ってる。こいつから手を引くまで、俺は毎日お前らに地獄を見せてやるからな」

それがただの脅しでないことを証明するように、相棒は落ちていた血まみれの山刀で生き残りの四肢のうち残った三本を切断した。おれと同じ苦痛にのたうち回るそいつを放置してヘリに乗り込んだ相棒は、初めてこの村を訪れた。

おれの母に嘘の死因を告げた相棒は、長老に会うことを求めた。そして彼には真実を話し、もうおれに危険な仕事を辞めるように説得してほしいと頼んで去っていった。

「もし悪党どもがまた現れたら、街まで俺を訪ねてほしい。俺の方からはもう、あいつには会いに来ないから」

コンビ解消というわけだ。まあ相棒には随分迷惑をかけたし、よくも今まで付き合ってくれたものだと思う。だが最後にお別れくらい言わせてもらいたかったぜ。

「それで？　長老もおれが今の仕事から手を引くべきだと思うかい？」

「ああ、わたしも彼に賛成だ。おまえにこれ以上危険なことはさせられん」

無理もない。おれだって悪党から恨みを買ってあんな苦痛を味わうのは二度とごめんだ。

だがそれでも――

「今辞めるわけにはいかないんだ」

「人が殺されたり、犯されたり、焼かれたり、手足をバラバラにされたり、そんな事件を追いかけるのが、おまえがやらなければいけないことなのか？」

「そうさ、おれがこの世界のクソみたいな現実を世の中に見せつけてやるんだ」

長老は今まで見せたことがないような悲壮な顔でおれの目を真っ直ぐ見つめた。

「かつて純粋に知恵を求めた子供が、あの無垢な瞳（ひとみ）の持ち主が、随分荒んだ目をするようになったな」

懐かしい話だ。あの日々が随分昔のことに思える。


ヘレンの報道を見た町の人たちは、信じられないくらいおれによくしてくれた。

最初におれに声をかけて車で送迎してくれたおじさんに、交代で送迎を代わろうという人が現れた。最終的に四人の人が日毎順番に図書館まで送ってくれた。ガタガタの道を進む車は時にひどく揺れて会話していると舌を噛（か）みそうになったが、文明に溢（あふ）れた町に生まれ住んで教養とモラルを備えた紳士淑女である彼らと車内で話す時間が、おれは好きだった。

やがて陸軍所属のヘリを操縦できるという男が、ヘレンを通じて協力を申し出てくれた。

「村のために毎日ここまで夜通し歩いて勉強してたって？　感心なガキじゃねえか。本が欲しいなら俺が届けてやるよ。ヘリならあっという間にひとっ飛びさ」

武装した軍用ヘリは凶悪犯罪者への対処に使われていたらしいし、いくら世界が混乱の中にあったとはいえ、一介の軍人が毎周私用で使うことが許されるはずがなかった。それを許可させるために、ヘレンも尽力して軍のお偉いさんを説得してくれたらしい。ループ後の世界で治安維持に努めるためにどうしても血なまぐさいイメージを持たれてしまっている軍が、少年の夢のために手を貸している姿を見せることでイメージアップを云々と言って。

だが母や妹の眠りを妨げないよう、届けてもらった軍用テントの中ＬＥＤランタンの明りの下で夜を徹して知識を貪るうち、おれは気づいていった。

こうやって勉強を続けたところで、この村を、世界を変えることはできない。

知識があればこの村に水や電気をもたらすことができると、無邪気だったおれはそう漠然と思っていた。だが先立つものが何もない貧しい辺境にインフラを整備させるまで、一体どれだけの年月がかかる？　水場を巡って争っていたようなおれたちが、それまでどうやって生き延びればいい？

「学び始めた頃は、おれに知識があればこの村を救えるんだと思ってた。井戸を掘ったり発電機を作ったり。けどそのためにも金が要るんだってことをおれはわかってなかった。科学を学んでいるときは、金をかけずに村の暮らしが豊かになるような、何かすごい発明ができるんじゃないかってワクワクしてた。でもそんなものありはしなかった。そんな都合のいい発明があるならとっくに誰かがやってるはずなんだ。学べば学ぶほどはっきりした。結局村を救うには、物資を援助してもらう他にどうしようもないんだって」

それもこの村だけに与えられる援助ではだめだ。周辺の、同じように貧しく産業を持たない集落にも支援の手が届かなければ。どこか一つの集団だけが援助物資によって豊かになれば、今度はそれを巡って奪い合いが始まってしまう。

継続的かつ包括的な支援――それを訴えるにはこの国の人々が、より広い視点で見れば同じような環境にあるアフリカの国々が、未来に展望の持てない者たちが何を思いどう生きているかを知ってもらう必要がある。

そしておれたちのことを知ってほしいなら、まずはおれが「彼ら」のことを知らなければならなかった。

学校で学びたかった数学や科学の本を一旦脇に置いて、世界地理と世界史の勉強を始めた。外の世界を知ることはおれの知的好奇心を満たしてはくれたが、それと同時におれは憧れていた遠い世界に失望を募らせていった。

地の果てよりも更に向こう、信じられないくらい広い海――恵みの季節に現れる広い水場さえ小さな水たまり、いや大地に落ちた涙の痕でしかないほどに広大な塩の湖――のその先にある世界。アメリカ、イギリス、フランス、中国、そうした国はこの国とはまるで違う、楽園のような場所なのだと思っていた。

蛇口を捻ればいつでも綺麗な水が出てきて、毎日違った美味しいものが食べられて、暑くも寒くもない家で柔らかいベッドに包まれて眠れる。一家に一台自動車があって、それに乗ってどこまででも好きな所に行ける。それ以外に何が要る？

だがそんな満たされた環境でも、人々は殺し合うことをやめられないらしい。

世界がループする前から、先進国の恵まれた人々同士が、時に醜く殺し合っていることをおれは知った。楽園などどこにも存在しなかった。ループはそれを一層はっきりさせただけだ。水や食べ物に困っていなくても、人は身勝手に人から奪い、騙し、犯し、殺す。

おれたちの国と、何も変わらなかった。

そこにいたのは物質的には豊かでも、心の余裕を持たない人々だった。

そんな世界でおれたちのことを気にかけてくれて、援助の手を差し伸べてくれるのは、ほんの一握りの限られた人々だった。他の人々にとって、おれたちは目に入らない存在だった。自分を不幸だと思っている人間に、より不幸な人間の声は聞こえないし姿は見えない。

だがそれでも、彼らにおれたちの存在を知らせないといけない。余裕も暇もない人でも、誰かを助けるために動くことがあるとおれは知っている。今はおれたちのような持たざる者のことを気に留めない人々が、いつか経済的に余裕のある生活を手にしたとき、絶対にそんな暮らしを送れないおれたちのことを気にかけてくれるかもしれない。

どうすればおれたちの声をもっと世界中に届けることができる？　助けなら先人たちが散々訴えてきた。「かわいそうな私たち」をずっとアピールし続けてきた。それが聞こえなかった人々に届けたいなら、やり方を変えるしかない。

その日は軍人の男が「たまには気分転換もいいだろ」とヘリで町の上空を飛んでくれた。今までにも二度、こうして町の夜景を見せてくれていた。

「おれ、もう村でひたすら本を読んで勉強するのはやめようと思うんだ」

無数の人々の暮らしが灯(とも)す明かりを見下ろしながら、呟いた。

「前にインターネットを見せてくれたことがあったろ？　あのときからずっと考えてた。おれがすべきことは、自分の力で村を救おうと勉強することじゃなくて、村のことを、この国のことを世界に知ってもらうことなんじゃないかって。ヘレンがやってくれたように」

ヘレンの報道のおかげでおれの世界は変わった。今度はおれがこの世界を変えてやる。

「それもお涙頂戴の、私たちを助けてくださいって感じのやつじゃたぶんダメなんだ。ヘレンがおれのことをニュースにしたときより、もっと広く伝えるには、過激で血なまぐさい、インパクトのある形で報道しないといけない」

動画サイトで再生数の多い動画の傾向を見ていてわかったことだ。人は過激なものに目を留める。情報が氾濫(はんらん)する激流のようなネットの世界では、インパクトのないコンテンツは視界にも入らず流されていく。

「酷いニュースをガンガン流して、これが世界の現実なんだって見せつけなきゃいけない。先進国の最悪な事件とおれたち途上国の最低なニュースを並べて報道して、あんたらもおれたちも同じなんだって見せつけてやるんだ」

「ガキのくせに悪趣味なことを考える奴だな」

「露悪的なくらいの方が、人の目を集められるんだよ。でもひとりじゃ無理だ。一緒に現場を駆けずり回ってくれる相棒がいる」

　おれは彼を真っ直ぐ見つめて目を逸らさなかった。協力者として適切なのは彼しかいなかった。車の運転もヘリの操縦もできて、取材中荒事に巻き込まれても自分たちの身を守る力がある。そして何より彼とは長い時間いっしょに過ごしても窮屈に感じなかった。

「どんだけ人使いの荒いクソガキだよ。でもまあ……楽しそうじゃねえか。いいぜ、付き合ってやるよ、兄弟」


「だけどいくら援助が必要って言ったところで、このループが終わったら、みんな世界の秩序を元どおりにするので手一杯になる。こんな世界の果ての村になんて構っていられなくなる」

　長老はこの村の法ではない。おれは止める彼を無視してここを出ていくこともできる。だがこの人は幼いおれに世界のことを教え続けてくれた師だ。おれがやろうとしていることを、この人にも納得してもらいたかった。

「今のうちなんだ。今世界中の奴らに見せつけて、覚えてもらわなきゃいけない。おれたち貧しい国の人間も、アメリカとかヨーロッパとかの金持ちの国も同じなんだって。一度秩序が崩壊すれば倫理なんて吹っ飛んで残酷なこともするし、教育を受けてようが受けてなかろうがめちゃくちゃやる奴はいるんだって。だから裏を返せば、おれたちだって豊かな国の人間と同じようにやれるんだって。飯が食えて教育を受けられれば、支援さえあれば。そしたらもう助けてもらうだけの存在じゃなくなる。互いに助け合える関係になれるはずなんだ。でもそれまでは助けてもらうしかない。こんな不毛な土地に生まれて、自分たちだけでどうにかするなんて無理なんだ」

おれが自分の手で村を救えたらどんなによかっただろう。誰よりも知恵をつけて、自慢の知識でこの村や国を何とかできたら。でもそれは夢物語だった。

「あいつらの中にはこう思ってる奴らがいる。『アフリカなんて支援しても無駄だ。奴ら無学な野蛮人は、井戸を掘ってやってもバラして売っちまうし、金を恵んでやっても武器を買って殺し合うのに使う』って。おまえらがおれたちの何を知ってるっていうんだよ？　今すぐ金が必要で、未来への投資さえできない、設備を食い物や水に変えなきゃ生きていけない人間の気持ちがわかるのかよ？　貧しくても銃を買わないと、法律も何も家族を守ってくれない世界の果ての人間を、代わりに守ってくれるのかよ？」

インターネットで途上国への援助について調べているとき、そういう声を上げている奴らを何度か見かけた。胸糞悪い連中だぜ。おまえらどうせ、おれたちに何か施しをしてくれたことなんてないだろう？

「そうやってずっと見下されてきたのがおれたちだ。それでも助けを請い続けるしかないんだ。少なくとも今はまだ。だからおれは声を上げ続ける。撮って発信し続ける。ジャーナリストなんて立派なもんじゃない、悪趣味な血なまぐさいニュースで売名してるクソガキだと思われようと」

それにおれの中には、そうした狙いとは別の単純な怒りもあった。

おれたちの国と違って豊かで食べ物の溢れている国で、どうして暮らしに余裕のない人々がたくさんいるのか。それは一部の人間が有り余る富を独占し、分け与えようとしないからだ。

世界で一番豊かだというアメリカ合衆国では、金持ちの上位一パーセントが全体の資産の三十パーセント以上を所持しているという。あまりに馬鹿げた数字だ。この格差を何とも思わず、貧乏人を横目で眺めながら湯水のように金を使っているとしたら、たいした人でなしどもじゃないか。

だがそうした特権階級気取りの連中にも、ループは容赦なく襲いかかった。秩序が壊れた世界で、散々人を見下してきた連中が下層階級からの逆襲を受けるような事件も悪くないが、もっといいのは虚飾を剝ぎ取られた資産家が金持ち同士で醜く争うような事件だ。こういうニュースは特に報道し甲斐がある。奴らの野蛮な本質を露わにするのは最高に胸がすくね。

あの医者の話を思い出す。おれはおれが選んだ使命にやりがいを持っているが、それだけじゃない。相棒と同じように、この仕事を楽しめている。

黙って聞いてくれていた長老が口を開いた。その声は依然悲痛なままだった。

「おまえの真意はわかった。世界を変えたいという志は立派だ。だが、おまえの心はどうなる？　この世の悲惨なことを見続けたおまえの心は？　わたしは生涯で出会った中で一番賢い子供だったおまえが壊れるのを見たくない」

この人はただおれの身を案じていた。おれにとって長老がもう一人の親も同然だったように、彼にとってもおれは自分の子供も同然の存在なのだと思う。

「大丈夫だよ。おれはこんなことで潰れない。この世界がクソだけで出来てないってわかったからさ。長老が教えてくれたとおり、知識がおれを助けてくれてるんだ。どんな悪意を目にしても、それが世界の全てじゃないって知ってればやっていけるさ」

この世界には一度法が機能しなくなれば平気で残酷なことをする人間がいる。だが同時にヘレンや相棒やアメリカから来た医者や、長老のような人も存在する。たとえそんな人の方がずっと数は少ないとしても、世界への絶望をぶっ飛ばすには十分だ。

「……さっきわたしの言ったことを訂正させてくれ。おまえの目は濁ってなどいなかった。おまえは今も変わらずこの村を光で照らす、神に愛された子だ」

長老が慈愛に満ちた目でおれに微笑みかけた。おれが新しいことを学ぶたび、彼は嬉しそうにこの眼差しを向けてきたものだ。

「おまえが信じる道を行くがよい。だが傷つき疲れ果てたときは……そのときはここにいなさい。おまえはこの村の子だ。いつでもここがおまえの帰る場所だ」

それからすぐに、久しぶりに水と食料を持参して村を発った。いつもの道を歩き続けてももちろん相棒は迎えに来ない。だが元々おれは町までの道を歩き慣れている。夜通し進み続ければ朝には辿り着けるのを知っている。

町に着いたら相棒を捜して説得すればいいし、もし見つからなかったり協力を拒まれたりしたら、そのときは寂しいが一人でやるだけだ。局に行って携帯端末を借りられれば撮影も配信もできる。世界におれの声を届けるのに、立派な機材は必要ない。

おれはまた変化する日々に思いを馳せながら、夜明け前の暗い荒野を歩き続けた。昇る朝日が大地をゆっくり明るくしていく光景を久しぶりに見られるのを楽しみにしながら。

第五話―プリズナーズ

たぶんわたしが描くのは、青春のきらめきも、
胸が弾むような恋も、
将来の夢も登場しない、灰色の物語です。
でもそんなものに救われる人も
世界のどこかにはいるのではないでしょうか？

1　読むしかできない理由

祖母の見舞いの後、図書館に来るのが日課になってからちょうど百五十周が経ちます。ここも大分寂しくなってきました。

世界が今日を繰り返すようになってしばらくして、ループーになって前日の記憶を保持できるようになったわたしは、それでも自室に閉じこもってひたすら本を読んでいました。未読の本を全て読み終えると、わたしの足は自然と図書館へ向かいました。

ちょうどその頃は毎周祖母の見舞いに行くようになった頃で、そのことに気が滅入っていましたから、新たに読む本を手に入れるためというよりも、病院と家を往復するだけの日々を変えなければならないという思いでした。

本を調達するだけなら書店でもよかったのですが、世界がこんなふうになって店員がいなくなったとはいえ、売り物の本を勝手に取っていくのはなんだか万引きのようで気が引けてしまいそうです。代金を払おうにも、翌周には手元に帰ってくるお金で支払うことに意味はありません。

それに、書店では手に入って図書館では貸出中の本というのは、そのときの流行りの本が多いと思うのですが、そういう本は感想を誰かと分かち合うという楽しみがなければ、取り分け選ぶ必要がないように思うのです。名作という評価が固まった本を手に取った方が満足できる可能性は高いでしょう。「時の洗礼を受けていないものを読んで貴重な時間を無駄にしたくないんだ」。村上春樹（むらかみはるき）の有名な小説にもこんな台詞（せりふ）が出てきます。まあ今は誰にとっても時間は貴重なものではなくなりましたが。

図書館へ通う――借りてきた本は翌周には図書館の棚へ戻ってしまいますから、一日で読めなければ否応（いやおう）なく通う羽目になります――ようになった頃、館内にはまだ同じような利用者がいました。ほんの数人ではありますが、毎日誰かが本を借りに来ているか、或（ある）いはその場で読んでいたものです。

けれどここ最近は、館内で人を見かけることはめっきり少なくなりました。ここに人がいると、その人もわたしと同じように本を読むことくらいしか今の世界に楽しみがないのだろうと勝手に共感していたのですが、どうやら違ったようです。

もしかしたらここに来ていた人たちは、どうしようもなく変化してしまった世界に対応できずに、読書で時間をやり過ごしていただけだったのかもしれません。適応してしまえば、この世界にはこの世界なりの娯楽があります。危険なものや他人を傷つけるものが多いようですが……

その点、世界の時間が壊れる前から他に何も楽しめなくなっていたわたしは、彼らとは決定的に違う人種なのでしょう。

物語というものには、小さな子供の頃から親しんできたと思います。玩具（おもちゃ）を親にねだった児童向けアニメ。学校の友達と盛り上がったテレビドラマ。どれも懐かしく思い出せますし、幼いわたしはそういったものに大きな影響を受けたでしょう。

けれどいつの頃かわたしは、これらを楽しめなくなっていきました。映像や絵で語られる物語を拒み、逃避するように活字の海を泳ぐようになったのです。

兆候は幼いときからあったように思います。わたしは二つの事実に否応なく気づかされました。一つは、わたしが醜く生まれついてしまったということ。

たとえ両親に愛されて育った子供でも、世間の残酷な視線は突き刺さります。大人が気遣って言わない言葉を、子供は平気で吐きつけます。幼稚園の頃から小学校低学年にかけて、わたしは自分の姿かたちが周りにどう思われているかを学んでいきました。わたし自身が鏡を見て思うだけではなく、他人もわたしを見て醜いと感じることを知りました。

人は醜さに不寛容です。分別のない子供が醜いアヒルの子を虐（いじ）めるのはまだ仕方ないと諦（あきら）められます。辛（つら）いのは大人まで子供の容姿で接し方を変えてしまうことです。幼くして確実に醜女（しこめ）になることを運命づけられたわたしに無償の愛を注いでくれたのは両親と両祖父母くらいのもので、親戚（しんせき）は近しい血縁の叔父叔母（おじおば）でさえ奇異の目を隠そうとせず、生徒を平等に扱うべき教師からは肌で伝わるほどの困惑の念を抱かれるか路傍の石ころの如く扱われるのが常で、ましてやすれ違う人々の好奇もしくは嫌悪の視線といったら！

思春期に近づくと、醜さという呪いは一層自尊心を蝕みます。それまでの人生で突きつけられた事実——自分が異性から求められない存在だということが、とても重大なことだと思い込んでしまいます。それはもうローティーンの女の子にとって世界の終わりのような絶望と言っても過言ではありません。そして思春期をとうに終えた今となっても、その事実は終わりのないトンネルのようにわたしの人生を暗く覆っています。

そしてわたしが気づいたもう一つの事実。それはほとんどの映画やテレビドラマ等のフィクションが、美男美女のものであるという事実です。

それらに登場する俳優や女優はほとんどが——少なくともわたしの基準では——美しい人ばかりです。たとえ小説を映像化した作品で、原作で美形という設定がない人物でも、演じるのは容姿が優れた人になります。

そもそもそうした職業の人に美形が多いのでしょうから当たり前の話ではあります。ではなぜ美形の人が多いのか。言うまでもなく、人々がそれを求めているからです。かっこいい男性の活躍を、綺麗な女性の笑顔を、美男美女の恋物語を見たがるからです。誰が銀幕で容姿の劣った女の顔の大写しなど見たいものですか。そんなものは現実で目にするだけで十分です。

戦争映画のように、世界の醜さを見せつけるフィクションというものは存在しますが、生まれつき醜い女の醜さなど、誰にも需要がないのです。或いは昔の見世物小屋のような類の興味を引き付けることはできるかもしれませんが、大っぴらに醜女を笑いものにするのは現代社会では到底受け入れられないでしょう。

また、わたしが正にそうですが、そもそも醜い人間は人前に出るのを嫌う者が多いのでしょう。テレビの街頭インタビューなどには絶対に映りたくありませんし、昔学校で演劇発表があったときなどは苦痛でたまらなかったものです。

とにかく自分の醜さを自覚し、それから画面の向こうの物語から醜さが排除されていることに気付いたわたしは、映画やテレビドラマに熱を感じることが次第にできなくなっていきました。

そういうわけでわたしには本を読むことくらいしか元々人生に楽しみがないのです。小説の中に出てくる凡庸な容姿或いは醜い人物は、わたしの頭の中で確かにぱっとしない、または醜い人間として動き出します。わたしにはこの想像の中で立ち現れる彼らが、画面の向こうで生き生きと演じる美しい人たちよりもよっぽど真実に思えるのです。

部屋にこもってひたすらページをめくり、想像の世界に入り浸るというのは、うら若い女の子としては寂しい日々と思われるでしょうか。けれどおかげでこのループする日々でも退屈せずに済んでいます。もちろんいつかはループが終わってくれなければ、人間の精神は無限の時間に耐えられるようには出来ていないでしょうから、どこかで異常を来たすでしょう。

ただしばらくは淡々と、静かな日々をこの図書館で過ごせそうです。

最近では本を借りた後にいちいち自宅へ帰るのをやめました。わたしは醜い自分を愛情深く育ててくれた両親に感謝していますが、こうした閉塞(へいそく)感漂う日々で同じ相手と暮らしていると、息が詰まるものを感じずにはいられません。誰しもがそうなのか、それともわたしが根本的に他者と過ごすよりも孤独を好む人間なのかは判断できませんが、しかし世の中には半世紀以上連れ立って毎日顔を合わせている老夫婦だっているわけです。そうやって長い時の中で絆(きずな)を育(はぐく)み仲睦(なかむつ)まじく生きている人たちには感嘆の念を禁じえません。

ともあれわたしはこの異常な日々を心穏やかに過ごすことができているわけですが、中にはループする今日に耐えられなくなって、一日の始まりと同時に自殺する人もいるそうです。彼らのうち多くは死を体験した恐怖から再び自殺することは躊躇(ちゅうちょ)しますが、中には心が壊れたようにひたすら自死を繰り返す人さえいるとか。自殺を罪とする宗教の信者もいたらしく、どれだけ追い詰められていたかを思うと胸が痛みます。

この図書館の膨大な蔵書のおかげで退屈とは無縁なわたしでも、全てを放り出して死という虚無に逃げ出したくなる気持ちはわかります。ですがわたしは、少なくとも日課を終わらせるまでは死ぬわけにはいきません。

日課といえば、世の中にはわたしが娯楽としてやっている図書館通いを、ひたすら勉強のために続けている感心な子供もいるようです。

随分前のニュースですが、反響が大きかったそうなのでご存じの方も多いでしょう。アフリカのとある国（国名は忘れてしまいました）の貧しい村に住む少年が、村の現状を変えるために勉強したいと、離れた町の図書館まで毎日夜通し歩いて通っていたという話です。やがて町に住む親切な人が少年を車で送迎してくれるようになり、それを見た別の人も協力を申し出て、交代で少年を図書館まで送迎するようになったという。

これは単に少年のひたむきで健気な姿や町の人々の温かさに感動するといったようないい話にとどまりません。

一日を繰り返す世界において貧困は特別問題ではありません。物が減らなければむしろ飢えや渇きに悩むことはなくなります。それでも少年が知識を求めたのは、ループがいつか突然終わった後の世界を見据えているからでした。

わたしを含め、まだ見ぬ明日のことを考えなくなって久しい人が大勢います。そんな中、明日を諦めず未来に備えようとする彼の存在は、多くの人に希望を与えたのではないでしょうか。わたしもこのニュースを見て、毎周の祖母の見舞いに倦んでいた心が少しだけ軽くなった気がしました。

そうそう、日々同じことを飽くことなく繰り返している人といえば、以前こんなニュースも見かけました。

カナダ人の著名な格闘家が銃撃されて重傷を負ったという事件でしたが、わたしは事件そのものより、主にアメリカで開催されているという過激なルールの格闘技大会というものに衝撃を受けました。世界中に火種を振りまいている国とはいえ、先進国の代表であるアメリカでこんな野蛮な催しが開かれているなんて。人間は一皮むけば野蛮で残忍なものかもしれませんが、いくら翌周になれば怪我が治るといっても、お金が必要なくなった世界でわざわざ痛みを伴う殴り合いに興じる人たちの姿は理解に苦しみます。あまつさえ女性の出場選手までいるという話でしたから。

撃たれた格闘家というのは先日その大会に出たばかりのチャンピオンでした。その人は驚いたことにルーパーになってからも格闘技の練習をずっと続けていたそうです。

「身体は鍛えられなくなっても、技術は磨ける。世界がこんなふうになっても、アスリートとしての向上心は持ち続けたい」

殴り合いをスポーツと考える感性はわたしには理解できないのですが、周囲からの誘惑に流されず、諦念や無気力に負けずに、やるべきと思ったことをやるストイックな姿勢は素晴らしいと思います。

その格闘家は銃撃事件で重傷を負った際に、痛み止めの処置ができるまで時間がかかるからいっそ安楽死させようかという提案を拒んだそうです。

今日でループが終わりかもしれないから。最後の日に死んでしまったら二度と生き返れないから。

　続報を見ていないので、彼がその日重傷のまま生き延びたのか、或いは一度死んだのかは知りませんが、どちらにせよループは終わらなかったのだから長く苦しむ必要はありませんでした。ただそれは結果論であって、突然始まったループ現象が突然終わって明日がやって来るという可能性は常にあるという主張は間違ってはいません。

　アフリカの少年もカナダの格闘家も、未来を諦めていない。まだ希望を捨てていない人がきっとたくさんいる。その事実はふとしたとき絶望に飲み込まれそうになる心に少しだけ慰めを与えてくれた気がします。

2　きっと既に誰かが考えたループの考察

　それにしても、明日が訪れずに今日が繰り返されるというこの現象の正体は一体何なのでしょう？

　多くの人が議論を繰り返してきた話題ですが、未だに答えは出ていません。

　まずステイヤーからルーパーになる条件がわかっていません。ループ初期の頃は、ある人がルーパーになると周囲の人にもそれが「感染」し、周りにもルーパーが増えていくという仮説がありましたが、ルーパーが地理的に離れた世界中で同時期に発生したことが判明するとその仮説は廃れました。一部では世界がループしているという認識が広まることによってルーパーが増えていくというミーム感染説なるものも提唱されましたが、ループのことなど知らずにルーパーになる者も多かったことから、今では戯言として一蹴されています。

そもそもルーパーとは何か？　世の中にルーパーが増え始めた頃は、世界がループしていることを認識できるようになった人と解釈されることが多かったようです。

世界最初のルーパーと名乗る人が一応知られていますが、あくまで自己申告ですし、周囲にステイヤーしかいない状況では誰かの記憶に残るような行動も取れません。だからこの人が本当に最初のルーパーであるかどうかには懐疑的な人も多いようです。

初期のルーパーということが周囲の証言等から証明でき、かつ日本で一番有名なルーパーといえば、ご存じ「警察のファースト・マン」でしょう。全国の警察組織の人間に聞き取り調査をしたところ、一番早くからループを認識していたというあの警察官です。

まだ周囲の誰もループに気づいていなかった時期。徐々にループを認識する人間が出始めて新たな事件が起こるようになった時期。世間にループの存在を訴える人間が増えてきて情報が共有され始めた時期。モラルのタガが外れて快楽犯罪に手を染める人間が次々現れた時期。彼はそうしたループによる世界の変遷を見続けてきました。

起きたことを記憶できる警官が他にいない時期から、たった一人各地で起こる新たな犯罪の情報を集め続けてきたそうです。メモも電子データも残せない世界で、記録に頼らず捕まえるべき悪を記憶に刻み続けた――正に警官の中の警官と呼ぶべき方でしょう。日本の警察の象徴になったファースト・マンは、今でも毎周のように秩序の維持のために奔走しているそうです。

ところで今でこそ警察官も交代で休みを取るのが当たり前になりましたが、ファースト・マンがルーパーになってからしばらく経った頃には、そんな余裕などない日々が続くようになっていました。彼がルーパーになった日から数えて驚異の百五十連勤を達成した逸話はあまりにも有名です。

警視総監直々の通達でファースト・マンに初めての休日が与えられた日。記憶が残らないのをいいことに連日休みなく働かされていたステイヤーの警察官にも、交代で休日を与えるという発表がされました。

わたしはこのステイヤーの警官たちが示唆するものについて考えさせられます。

確かに一日働き通しでもそれを憶(おぼ)えていないせいで、ステイヤーの警官は連日延々と働かされてきました。

一方でルーパーになった警官は、終わりのない仕事に耐えられなくなると自主的に休みを取ったり、ナイト・コールの招集に応じなくなったりしたそうです。

単純に考えれば全く自由を与えられずにこき使われているステイヤーの警官の方がかわいそうに見えますし、だからこそあの混沌(こんとん)とした日々でもステイヤーの警官に休日を与えるべきという声が市民から上がったのです。

ですが、この場合不幸なのは本当にステイヤーの警官の方でしょうか。ルーパーの警官が休んだりサボったりしたのは辛い日々に耐えられなかったからです。けれどステイヤーの警官はどれだけ疲れても、犯罪者との戦いで傷を負っても、ひどいものを見ても、一日で記憶がなくなるのです。だからそもそも休みたいとも思いません。つまり警察官に関しては、ルーパーになってループを認識できるようになったからこそ不幸になったとも言えるのです。

ステイヤーからルーパーになるということは、何も憶えることができない弱者の立場でいることから、記憶を蓄積できる有利な側へ立てるようになるということです。それは多くの人にとってよいことであり、ステイヤーに対して優越感を隠さない人も多く見られました。

しかし記憶が消えないせいで、不幸な事件に巻き込まれた場合は心の傷が残ることになります。これから永遠に続くかもしれない今日に心底恐怖と絶望を感じるのも、実際に何度も何度も今日を過ごした記憶を持つがためでしょう。

記憶が残らなければ、どんなに酷い目に遭おうと、この世が無間地獄になったと説かれようと、絶望は一日でリセットされるのです。

嫌なことがあっても憶えていない認知症患者は幸せだ。それと似たような詭弁に聞こえるでしょうか？　でも実際精神に異常を来たして自殺を繰り返しているのは、わたしがニュースで知る限り全員がルーパーです。少数ながら今でもルーパーになることなくステイヤーのままでいる人がいますが、彼らは犯罪の標的にされることはあっても、ループについて知ったことで悲観して自殺したという話は聞きません。

ルーパーが増え始めた頃、ルーパーになることを「覚醒（かくせい）」と表現されることがよくありました。ルーパーになれるということは、世界の真実を認識できる特殊な力を得ることだと、そんなふうに思われていました。けれどその力は呪いなのではないか？　そう考える人が日に日に増えてきて、ループに対するもう一つの解釈が流行り始めました。

世界はループなどしていないという解釈です。ループという現象は、ルーパーの脳内でのみ起きている。更に言えば、ルーパーというのは病気にかかったようなものであり、ループというのはその症状に過ぎないのだと——つまりステイヤーからルーパーになるのは悪いこと、歓迎せざることだというのです。

この解釈の根拠としてもっともらしく語られるのが、国際宇宙ステーション（ISS）からの報告です。

大気圏外の宇宙空間で過ごしていた宇宙飛行士たちにも、ループ現象は等しく襲いかかりました。一人、また一人とルーパーが増えていき、今ではISSの宇宙飛行士全員がルーパーになっているそうです。わたしが以前読んだSF小説に、地球が突如巨大な黒い膜に一瞬で覆われてしまい、地球の時間が進むのが外の宇宙の一億分の一の速さになってしまうという設定のものがありました。その小説では膜の外に取り残されたＩＳＳの宇宙飛行士たちが、一週間悩んで真っ黒な地球に突入したところ、地球で数秒しか時間が経っていなかったことがきっかけになって宇宙と地球の時間の進み方が違うことが発覚するのですが、我らがループは地球外でも変わりなくその効力を発揮しているようなのです。この現象が及ばない範囲というものがある可能性を検証するため、二十四時間で行けるだけ遠くの宇宙へ飛ぶという計画もあったようですが、本当に時間の輪の外へ飛んでいけたとしてもそのまま帰還できなければ本末転倒というものですし、その成果を誰にも伝えられないのでは意味がないということで却下されたようです。

　ともあれこのループ現象が地球外まで広い範囲で起きていることは間違いないのです。こんな奇想天外な宇宙規模の物理的現象がありえるでしょうか？　現に起きているではないかと言われるかもしれませんが、これが人間の精神だけが時を遡(さかのぼ)っていると考えれば、もう少しありえそうに思えます。

　それなのになぜ世界がループしているという考えの方が昨今まで主流だったのか。おそらくループパーが少なかった頃は、彼らは圧倒的に自由な特権階級であり、自分たちを時の牢獄(ろうごく)に囚(とら)われた悲惨な存在とは考えなかったからでしょう。いつか再び時間が正常に動き出すまで、自由を謳歌(おうか)すればいいとでも考えていたのではないでしょうか。

世界全体がループしているか、或いは人間の精神とか脳とかがタイムリープを起こしているのか。どちらだろうとわたしたちルーパーが刑期の知れない囚人だという事実は変わりないように思えるのですが。

そもそも時間とは何か、わたしたちはどうやって時間の流れというものを認識しているのか。そこまで考えなければこのループという現象を突き詰めて考えることはできないでしょう。でもそういうアプローチは専門家の物理学者の先生方の仕事でしょうから、わたしなどにはとても手が出せません。

わたしにできるのはつまらない妄想くらいです。ふとしたときに考えてしまうのは、この現象が何者かの手によるものという可能性です。誰もが一度は考えたでしょう。神の御業か、或いは宇宙人の仕業か。

神の罰か神々の悪戯（いたずら）という想像は、わたしにはあまり魅力的ではありません。愚かな人類への罰や右往左往する人々を見て楽しむのが目的なら、第二次世界大戦の途中とか、もっと相応（ふさわ）しいタイミングがあったでしょう。今日この日が繰り返されることに何か意味があるとは思えません。

宇宙人の実験或いは攻撃というのは、それよりもずっとワクワクさせてくれます。たとえば時間というものについて人類とは異なる認識を持った地球外生命体。これもまたＳＦ小説で目にしたことがあります。月の裏や木星の輪やエッジワース・カイパーベルトに、ヘプタポッドやギタイのような何者かが潜んでいて、時間の輪に閉じ込められたわたしたちを観察していたら――こういう妄想は病院や図書館へ移動するときの退屈を紛らわせてくれます。

3　例えばこんな奇跡

ループという現象が起きてからは、それまで信仰を持たなかった人が神を信奉するようになることが増えているそうです。誰もが奇跡を目撃しているわけですから、それも無理ないことと思えます。

わたしは多くの人に禍（わざわい）をもたらしたループを奇跡とは考えませんし、前述のとおり神の御業とも思いません。ただ奇跡と呼べるような出来事は世の中に確かに存在するとも思います。というのも、先日わたしの身に正にそう呼ぶに相応しい出来事が訪れたからです。

図書館を訪れる時間、わたしはいつの頃からか必ずある番号に電話をかけるようになりました。既に五十周以上続けていた習慣でした。

祖母が入院しているのとは別の、とある病院への電話です。それまでは一度も目的の人物が電話に出ることはありませんでした。

けれどその日、不意に受話器を取る音がして、わたしの心臓は高鳴りました。

「はい」

電話に出た女性はそれだけ言って沈黙しました。

「あの……あなたが『魔女』と呼ばれてる方ですか」

更に沈黙が続きました。目的の人物ではなかったのかと諦めかけたところ、

「魔女狩りなら時間の無駄だけど。私は今まで八回殺されたけど、世界は相変わらずループしてるようだから」

呆(あき)れたような声。彼女に間違いありません。

その女性はかつてわたしと同い年の娘を持つ母親でした。

報道で写真を見ましたが、わたしと違って可愛らしく、人の目を惹(ひ)きつけるような少女でした。しかし美しい花は害虫も惹きつけます。美は必ずしも幸福をもたらすとは限らないということを、わたしのような人間は忘れがちですが、ああいった事件はそうした事実を否応なく思い出させます。

わずか十四歳で、彼女は尊厳と命を奪われました。奪ったのは、それだけの罪を犯しても極刑に処すことができない、まだ十六歳の男でした。

わたしが電話した女性は、娘の復讐(ふくしゅう)を誓い、ある日ついに仇(かたき)を討つことに成功しました。

それから彼女は毎周、復讐を続けています。

あなたも聞いたことくらいはあるでしょう。この世界がループするきっかけになったと、

一部でまことしやかに語られている女性です。

「いえ、そんなんじゃないんです。わたしはただ……あなたと話をしてみたかった」

「話？　……ここで電話が鳴るのを聞いたのは四度目だけど、今までのもあなたが？」

「はい、この時間に鳴らしていたのはわたしです。確か五十周以上」

「最近は病院の中へ入らない日が多いから——知ってるかもしれないけど、しばらくあの男を自分の手で殺してないの。大抵は病院に着いたときには、もうあの男は死体になってる。屋上から身を投げてね」

「……病院の夜勤の人が起こしてるそうですね」

一日の始まり——日本時間午前三時十一分に眠っていなかったおかげで他者に先んじて行動できる人間は、いつの頃からかナイト・ウォッチと呼ばれています。どこかの学校の生徒の間で使われていたのが、護身術の指導をしに学校を訪れる警官を通じて広まり、警察内でも公式に用いられる言葉になったそうです。

「でも逃亡には手を貸さないんだけどね。看護師さんもあんな男をそこまで助けたいとは思わないのかも。それに頭のおかしい殺人鬼に逆恨みされる可能性もあるしね」

自嘲的な言葉とは裏腹に、彼女の口調には後ろめたさのようなものは一切ありません。

「あの男からすれば、一日中恐怖に耐えながら逃げ隠れするくらいなら、いっそ楽な死に逃げたくもなるでしょうね。私も昔、ループが終わらないかと思って飛び降り自殺を試してみたけど、少なくとも私に殺されるよりは苦しくないはずだから」

「……それでも毎日行くんですか。手を下さなくても娘さんの仇は勝手に死ぬのに」

「行くのをやめたら、いつかそのことをあの男も知ることになる。そしたらあの男も自殺しなくなるだろうけど、もしそんな日にこのループが終わってしまったら？　最悪あいつを殺せない可能性だってあるでしょ」

　ある意味では、この人もループが終わることを諦めていないようです。

「あなたは、自分がループを作り出した元凶って話をどう思いますか」

　彼女に会うことができたら、これだけは聞いてみたかったことです。

　自分の復讐が世界を巻き込んでしまったとしたら、どう思うのか。

「私が娘の仇を殺してから自殺しても、この現象は終わらなかった。そのことは散々報道されてたけど、それなら先に私を殺して、目的を果たすのを阻止したらどうなるのか試そうとした人もいた。そういう人たちにもう八回も殺されて、一度なんて中世の魔女狩りみたいに火あぶりにされたけど——あれは本当に苦しかった。もしあなたが死にたくなっても焼身自殺だけは絶対にしないでね」

　死にたいと思ったことは何度もありますが、手段として焼身自殺を考えたことは一度もありません。昔チベットの僧侶たちが中国共産党の激しい弾圧に抗議するため焼身自殺したニュースを目にしたことがありますが、命懸けで訴えたいことでもなければ人は普通焼死で人生の幕を引こうとは思わないでしょう。

「まあそうやって魔女を焼き殺しても、ご覧のとおりループは終わらなかった。監禁されて奴を殺せないまま一日が経ってしまったこともあるけど、結果は同じ」

「……どこでも野蛮な人はいるんですね」

「それか野蛮でなかった人が恐怖と混乱で変わってしまったのかもね。私はね、私を殺した人たちを恨む気はないの。だって私は暴徒に焼き殺されても仕方ないような人間だから」

「でもあなたは、娘さんの仇を討っただけです」

「そしてそれ以外の全てをどうでもいいと思ってる。もし本当に私がループを終わらせることができたのだとしても、気の済むまであの男を苦しめてからにしたはず。その間に世界が燃え上がろうと知ったことじゃないってね」

やはりこの人は魔女なのだと思いました。娘を殺した犯人を赦す必要はないですが、それでも多くの人は世界を巻き込んでまで凄惨な復讐を続けようとはしないでしょう。

「だからね、私とあなたは決定的に違う。私に比べて、『死の天使』のなんて優しいことか」

わたしは息を呑みました。魔女の口からその名前が出るとは思いもしませんでした。

「――知っているんですか」

「ニュースくらいは見るからね。似た事例は世界中で起きてるようだけど、医者でも看護師でもないのに、病院中の希望患者全員を助けてるのはあなたくらいじゃない？　なんて献身的な子なんだろうって思ってたの」

「わたしがそうだって、気付いていてたんですね」

「魔女とどうしても話をしたがる人間なんて、他に思いつかないもの」

確かにわたしがただの孤独で醜い少女だった頃なら、殺人犯に接触しようなんて恐ろしくてできなかったでしょう。

だけどわたしは以前のわたしではないし、二度とあの頃の自分に戻ることはできないのです。


祖母は末期がんでした。

病状について詳しいことは知りませんでした。わたしは知ろうともしていなかった。

祖母の苦痛について、詳しく知るのが怖かった。

世界がこうなってしまう数日前にも、わたしは母に連れられて祖母の病院を訪れています。

乗り気ではありませんでした。その頃、もって一、二週間と医者に告げられていた祖母は、ただもう苦痛に呻くばかりで、会話を交わすことなど到底できないどころか、わたしたちの呼びかけをどこまで認識しているかもわからない状態でした。それでもわたしたちが顔を見せると、祖母の目に何か安堵や喜びの色が見えたような気がしていました。けれどそれは自分への慰めに過ぎなかったかもしれません。死そのものがゆっくり拷問のように身体を蹂躙する苦痛に耐える祖母のために、わたしにできることなど何もないのだという現実から目を逸らすための。

わたしがループーになってから、祖母のことに思い至るまで、恥ずかしながら五周ほどかかりました。ステイヤーだった頃、テレビや周囲からこの状況を説明されていたはずの時期のことは当然記憶にはないわけですが、おそらくわたしはただ混乱し、呆然とするばかりで、病床で苦しみ続ける祖母のことなど思い出しもしなかったのではないでしょうか。

祖母が既にループーになっているとしたら。

繰り返される日々の中で苦しみ続け、絶望の底にいるはず。そのことに気が付いてからも、わたしの足はすぐには病院へは向かいませんでした。

行ってもできることがないからではありません。わたしにできることは一つしかないと、心のどこかで既にわかっていたからです。

ある日ついに決心して病院へ向かいました。そして病床の祖母と向き合いました。わたしはループのことを淡々と話しました。その日は祖母の意識は半ば混濁していましたが、わたしの話は聞こえていたはずです。反応に驚いた様子がなかったので、祖母も既にループーになっていることはわかりました。

終わりなき苦痛が待ち受ける祖母を前にして、尚わたしは迷い続けました。一時間か二時間か、けれど実行せずに去るわけにも、一日の「終点」の午前三時三十二分まで手をこまねいて突っ立っているわけにもいきませんでした。

具体的な方法は記しません。それは重要ではないと思いますから。

わたしは苦しませず、祖母を送り出しました。それで十分でしょう。

こうした表現を偽善的だと言うなら、祖母を殺したと言い換えても構いません。大事なことは、わたしが、わたしだけがやるべきことをやったということです。少なくともここにはわたしの代わりにそれをしてくれる医師や看護師はいません。

　祖母は最初から抵抗を示しませんでした。孫娘に手を汚させることを厭わない祖母などいるはずがありません。それでもわたしの手で死ぬことを、解放されることを受け入れた。どれほどの苦しみの中にいたのでしょう？　今までどれだけの辛さに耐えてきたのでしょう？　わたしには想像もできません。

　わたしたちは病に倒れ、死を待つだけの人々の苦しみに、あまりに無頓着なのではないでしょうか？　末期がん患者に限らず、一体この世界にただ苦しむだけの生を生かされている人がどれだけいるのでしょう？　彼らの苦痛を終わらせることが認められないのはなぜなのでしょう？　人を無理矢理にでも生かしておかなければいけないのが当たり前になったのはいつの時代からなのでしょう。もしかしたら大昔の、戦争が日常の延長にあったような時代なら、例えば助からない傷を負った戦士は仲間たちに楽にしてもらうことができたのでしょうか。傷つき倒れた仲間に請われてとどめを刺すことは、苦しむ病人を何もできずに悲痛な面持ちで見下ろすことより、野蛮で生命を尊重していない行為なのでしょうか。人の苦痛を黙って見ていることが、進歩した世界の倫理だというのでしょうか。

自分の行為を間違ったものとは考えなくても、殺人とは、ましてや肉親を手にかけるということは、自らをも激しく破壊する行為でした。ですがここで長々と、初めて人を殺したときの心の痛みを語ることはしません。そんなもの、結局のところ祖母の肉体の痛みに比べれば取るに足らないものなのです。

かつてはこの国も戦争をしたことがあり、そこで敵兵や、時には民間人を殺めた兵士も大勢いました。多くの兵士が戦後罪悪感に苛まれたでしょうが、それでも多くの人は精神を深刻に病むこともなく日常に帰っていきました。必要に駆られての殺人によるトラウマなど、わたしに言わせればその程度のものです。人間が生物である以上、単純な肉体的苦痛と同族の生命を奪う心の傷、そのどちらを回避したいかと問えば自ずと答えは出るのではないでしょうか。心の傷が身体の傷より重いと言う人は、体の傷は治って痛みがなくなるという前提でものを言っていませんか？　決して治ることのない、永遠に続くかもしれない身体の痛みにも耐えられると思いますか？

祖母を見舞うことにも慣れていき、それが日常になってくると、病院で同じように苦しんでいる人々が気になって仕方なくなり、わたしは院内を回りました。

そして祖母と同じように意識の混濁した状態で、限界まで瘦せ細り、到底快癒することは考えにくい状態の患者たちを、解放してあげるようになりました。

今ではみんな、毎朝のわたしの来訪を心待ちにしています。

誰もわたしを止める者はいませんでした。ただ見ないふりをして、精々がニュースのネタに取り上げるくらいです。

「死の天使」とは、そんな日々の中いつの間にかわたしに付いていたあだ名です。

図書館に通い続けたアフリカの少年の話を思い出します。――このループがいつか急に終わったら。少年の住む世界ではまた殺し合いが始まるのでしょうか。わたしの世界では、病院に蘇らない遺体がいくつも残されることになります。正常に戻った社会では、わたしはすぐに逮捕されるでしょう。そのことは常に頭の隅にありますが、それでもわたしには祖母の苦痛を無視することはもうできそうにありません。

その場合の罪状などがどうなるのかは、状況が特殊なので何とも言えない気がしますが、別に刑務所に入れられることを怖いとは思いません。どうせわたしは本を読むことしか楽しみのない人間ですから、閉じ込められることはそれほど苦にならないでしょう。

ただ痛みの信号を発し続けるだけの肉体という牢獄。そこに閉じ込められている病人の苦しみに比べれば、懲役刑など何ほどのものでもありません。

「今では魔女よりあなたの方が知られてるんじゃない？　あなたの方が関係者が多いから」

彼女が日々何をしているかわたしが知っていたように、彼女もわたしが毎日していることを知っていました。いつの間にか随分有名になっていたようです。

わたしがこの人と話してみたかったのは、わたしも彼女も理由は違えども毎日殺人の罪を犯し、それをこれからも続ける気でいるからです。そんな人間が世界にどれほどいるでしょう。

「『死の天使』、素敵な名前ね」

「そのあだ名を付けた人は、わたしの顔を見てないんでしょうね。こんな醜い女に天使なんて……」

「あなたが醜い？　とんでもない」

そして彼女はこう言いました。まるで自分の娘に説くように優しい声で。

「この何をやっても取り返しがつく世界で、みんなが自分の欲望をさらけ出すことばかりしてる中で、あなたはずっと自分が正しいと思うことをし続けてきた。家族のために。他人のために。こんな美しい生き方をする人間が醜いはずないじゃない」

両親は報道でわたしの行為を知ると、腫(は)れ物にさわるような態度を取りました。強く非難することも、慰めることもしない。ただ理解できない恐ろしいものを見るように、わたしに接しました。だからわたしはなるべく早い時間に家を出て、一日の終わりまで戻ることもほとんどなくなりました。暗い時間に外をうろつこうが、わたしほど醜いと性犯罪の被害にも遭わないようです。

わたしと祖母は、今やいないものとして家族から扱われています。

そんなわたしを、彼女は肯定してくれました。

「ループする世界で私が出会ったものの中で、あなたの心より美しいものなんてない」

どんな理由があろうと、他を一切顧みず、来る日も来る日も人を拷問し、殺すことを目的とする人間は常軌を逸していると言えるでしょう。怪物と戦う者は、その最中に自ら怪物にならないよう気をつけなくてはならないという言葉がありますが、彼女は正にそうやって怪物になってしまった哀れな人なのでしょう。

けれどその怪物の言葉が、乾きひび割れた地面に染み込む雨のように心を救う。そんな奇妙な奇跡も世の中にはあるのです。

彼女と言葉を交わしたほんのひと時が過ぎると、もう認めるしかありませんでした。わたしは本当は、誰かとつながりたかったのです。

昔読んだお気に入りの短編小説に、シオドア・スタージョンという作家の書いた「孤独の円盤」という作品があります。これが収録されている短編集を古書店で見かけたとき、知らない作家の知らない本であるにもかかわらず、棚からわたしのことを呼んでいるような気がしたのです。本との出会いには時にこういうことがあります。

このスタージョンという人は三回も結婚したくせに、孤独な人間をとても上手く描写します。「孤独の円盤」に登場する女性のことは、折に触れて友人のように思い出します。

この小説を読んでから一度は試してみたいと思っていたこと――瓶に手紙を詰めて海に流すこと――を、ついに今日初めて実行しようと思います。

といっても本当に瓶を流すわけではありません。海まで出かけて流そうと、たった一日では誰かの元に届くことはないでしょう。

だからわたしはネットの海に流すことにしました。それが今あなたの読んでいるこの文章です。

アマチュアの書き手が集う小説投稿サイトというものがあることは知っていましたが、今ではそうしたサイトは有名なプロの作家も数多く利用しています。世界がこうなってからというもの、何せ書いたものを保存することができませんから、小説家たちはどうすれば自分の作品を発表できるか考えました。結局一番いい方法は、事前に宣伝して、少ない読者のために毎周或いは定期的にウェブ上で連載することでした。前回までの分を読み返すことができない読者はそれでもファンだった作家の新作を喜び、あらすじやメモさえ書き残すことができない作者はそれでも新たな物語を語ろうという試みを止めません。本好きの一人として、敬愛すべき人たちです。

　わたしは彼らの輪に入って自己紹介がしたいのかもしれません。

　ここまでの文章を一日で書き上げられるように、何を書きたいのか、どう書くのかを頭の中で思い描き、下書きを繰り返してきました。そして今日、今これを読んでいるあなたの目に留まることができました。

　或いはわたしは誰かに届くまで、翌周も翌々周もこうして一気にわたしの物語を書き上げ、放流するのかもしれません。この文章は三章仕立てに分かれていますから、それぞれを書き終えた時間に一章ずつ投稿するようにすれば、少しは人目につく確率も上がるでしょう。

　それでも今では著名な人気作家が多数連載しているサイトで、新参の素人が書いた短編が誰かに読んでもらえる可能性は低いでしょう。いわば大海原を漂い続けるちっぽけな瓶。でも時間が壊れるという異常な奇跡が起きているわけですから、わたしの書いたものが誰かに届くくらいの奇跡は起きてくれるように思えます。

　ともかくあなたがこれを読んでいるということは、手紙を詰めた瓶が誰かの元に流れ着けたということです。できればあなたが孤独な人で、この小説と呼ぶほどのものでもない、ひとりの人間の話から何かを感じてくれたらうれしい。

　わたしは一日の終わりに、自分が投稿したこの文章に、誰かが感想のコメントを送ってくれていないか確認するでしょう。もしそこに肯定的な意見が一つでもあれば、今度は別の物語を書いてみたい。拙い出来にしかならないとしても、自分が想像して生み出した世界を綴ってみたい。

たぶんわたしが描くのは、青春のきらめきも、胸が弾むような恋も、将来の夢も登場しない、灰色の物語です。でもそんなものに救われる人も世界のどこかにはいるのではないでしょうか？　殺人者が殺人者に魂を救われることがあるように。

寂しい誰かや醜い誰かが、わたしの物語をほんの少しの心の慰めとしてくれたら、それはとても幸せなことです。人と交わることをせずに本の海に溺れているわたしにも、誰かとつながることができるとしたら。

今日のところはこのくらいで限界のようです。一日の「終点」に近い時間に投稿しても誰の目にも触れませんから、そろそろ瓶を放り投げなくては。時刻は午前零時。誰かに届くことを願って、「公開」ボタンを押します。

宮野 優（みやの　ゆう）
北海道旭川市生まれ、札幌市在住。北星学園大学文学部卒業。本作『トゥモロー・ネヴァー・ノウズ』をカクヨムに投稿し、デビュー。

トゥモロー・ネヴァー・ノウズ

2023年 4 月28日　初版発行

著者／宮野 優

発行者／山下直久

発行／株式会社KADOKAWA
〒102-8177　東京都千代田区富士見2-13-3
電話　0570-002-301（ナビダイヤル）

印刷所／旭印刷株式会社

製本所／本間製本株式会社

ISBN 978-4-04-113607-2　C0093
JASRAC 出 2301059-301